KB004309

핀 델 문도
세상 끝의 풍경들

초판 1쇄 펴냄 2012년 8월 3일

글 · 사진 김만태
펴낸이 고영은 박미숙

상무 김완중 | 편집장 인영아 | 기획편집 박경수
뜨인돌기획팀 이준희 김영은 김현정 홍신혜 | 어린이기획팀 이경화 이슬아 여은영
콘텐츠기획팀 이진규 | 디자인실 김세라 오경화
마케팅팀 이학수 오상욱 진영수 김은숙 | 총무팀 김용만 고은정

펴낸곳 뜨인돌출판(주) | 출판등록 1994.10.11(제313-2011-185호)
주소 121-840 서울시 마포구 서교동 396-46
홈페이지 www.ddstone.com | 노빈손 홈페이지 www.nobinson.com
블로그 blog.naver.com/ddstone1994
대표전화 02-337-5252 | 팩스 02-337-5868

ISBN 978-89-5807-390-1 03810
(CIP제어번호 : CIP2012003399)

FIN DEL MUNDO

세상 끝의 풍경들

글 · 사진 김만태

뜨인돌

Make a Better Company
KARP

남극 여행	2003년 11월~2004년 1월 〈빙하〉 촬영
	2010년 8월~2011년 3월 〈남극의 눈물〉 촬영
북극 여행	2004년 6월~7월 〈빙하〉 촬영
아마존 여행	2009년 6월~10월 〈아마존의 눈물〉 촬영

FIN DEL MUNDO

차례

남극 세상의 남쪽 끝

아마존

문명의 바깥

북극 세상의 북쪽 끝

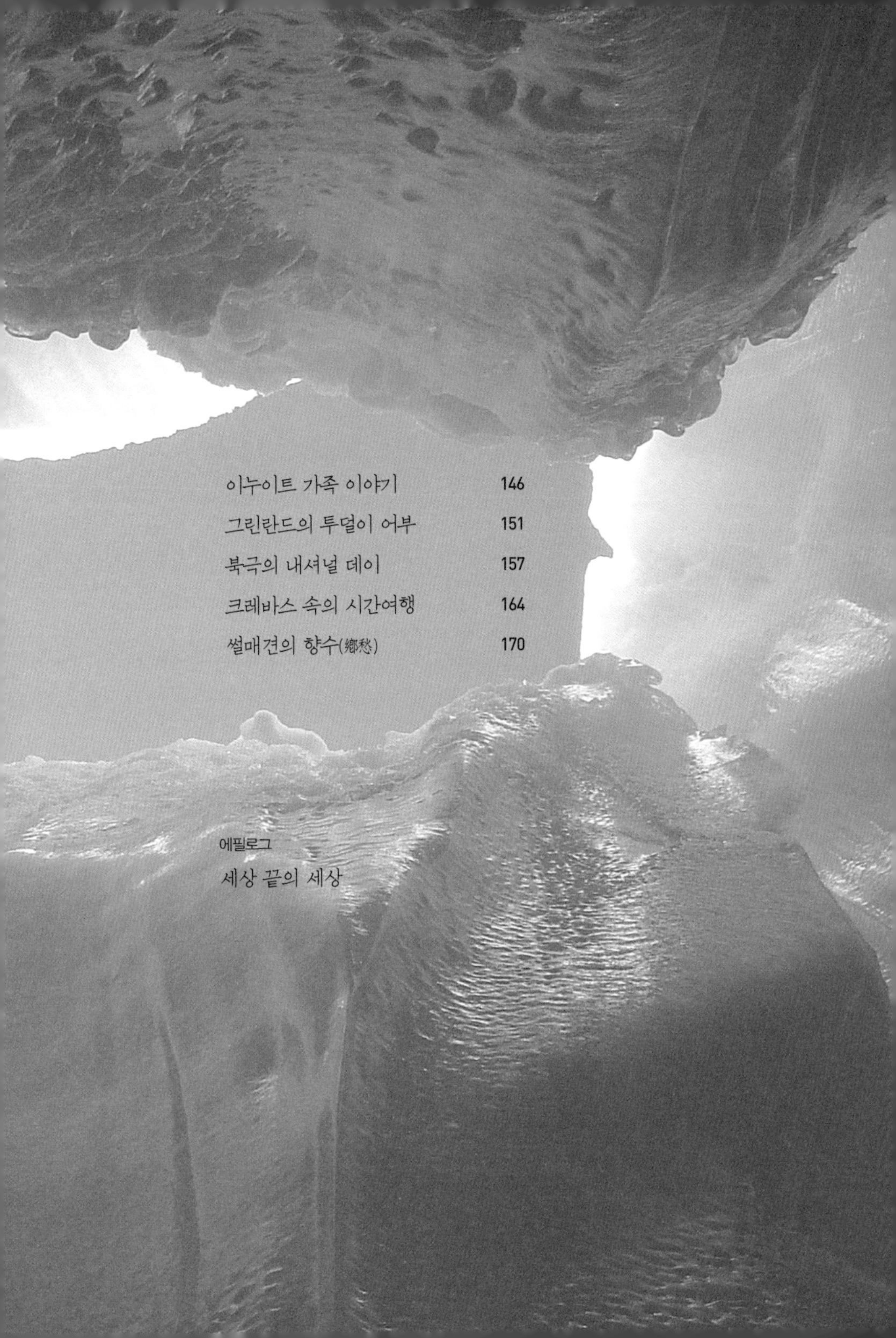

Prologue

세상 끝의 창(窓) - 오래전 일기 중에서

푼타 아레나스Punta Arenas! 얼마나 멋진 이름인가! 안데스 산맥이 남극을 향해 달리다 멈춘 남미의 끝! 남극과 대륙을 이어 주는 도시! 거센 바람 속에 황량한 활주로에 내려앉았다. 까닭 모를 외로움과 설렘이 날 감싼다. _ 2003. 11. 9

하강을 시작한 LAN 칠레 항공기가 곧이어 짙은 구름 속으로 파묻혀 들어간다. 잠시 기체가 요동을 치더니 이내 잠잠해지고, 작은 창밖으로 끝없이 펼쳐진 붉은 대지가 나타난다.

갑작스런 돌풍이라도 부는 건지 간혹 비행기가 부르르 몸서리를 친다. 붉은 땅이 끝나는 곳에서 시작되는 두터운 회색의 바다를 돌아 조금씩 고도를 낮춘다. 균형을 잡기 위해 안간힘을 쓰는 한 마리 새처럼 양 날개를 번갈아 들썩이며 위태롭게 활주로로 나아간다. 바람과 돌과 키 작은 풀들 외에는 아무것도 없을 것 같던 그곳에 거짓말처럼 활주로가 나타나고, 산티아고Santiago로부터 우릴 데려온 노련한 기장은 덩치 큰 철(鐵)새를 사뿐히 아스팔트 위에 내려놓는다.

푼타 아레나스! 안데스 산맥이 남극을 향해 달리다 질주를 멈춰 버린 남미 대륙 칠레 최남단의 도시. 바람과 이름 모를 새들의 고향. 외로움과 적막함이 시월의 단풍처럼 묻어나는 곳. 낮게 드리운 잿빛 하늘 아래로 바다를 향해 몰아치는 바람이 까닭 모를 슬픔과 고독을 느끼게 하는 곳. 그래서 사람들은 이곳을 '세상의 끝Fin del Mundo'이라고 하는지도 모르겠다.

1848년에 세워진 푼타 아레나스는 원래 군대 주둔지였다. 황금을 찾아 미국 캘리포니아로 향하던 배들이 잠시 머무는 곳이었다 한다. 하지만 지금은 매년 수만 명의 사람들이 남국(南國)의 이국적 풍광을 경험하기 위해 이곳을 찾

고 있다.

티에라 델 푸에고Tierra del Fuego(불의 땅) 국립공원은 '사람이 사는 가장 먼 땅'이라는 이곳 파타고니아Patagonia(칠레와 아르헨티나의 남부. 남위 40도 이남) 지방의 대표적 관광지로서 장대하고 아름다운 빙하와 수많은 펭귄들을 볼 수 있는 곳이다. 또한 남극 대륙의 과학기지에서 근무하는 각국 연구원들과 요원들에겐 남극으로 들어가는 관문 역할을 하고 있다. 세종기지로 향하던 우리 촬영팀에게도 푼타 아레나스는 반드시 거쳐 가야 할 곳이었다.

공항을 벗어난 자동차가 비포장도로를 한참 내달린다. 창밖으로 보이는 풍경이 과연 예사롭지 않다. 남반구는 이미 한여름으로 접어들고 있었지만 이곳의 대지엔 아직 물이 오르지 않고 있다. 지난겨울의 혹독한 추위와 시련의 흔적들이 미처 다 지워지지 않은 듯하다. 키 작은 나무들의 앙상한 가지와 성마른 침엽수들의 날카로운 끝자락에 초록이 겨우 묻어난다. 바람이 얼마나 세게 부는지 거의 모든 나무들이 바다를 향하여 비스듬히 누워 있다.

20분쯤 달리다 보니 울긋불긋한 지붕들이 눈에 들어온다. 세상의 끝에 있는 도시치고는 제법 큰 도시 같다. 크고 작은 집들과 세월의 무게가 느껴지는 가로수들, 분주한 거리의 상점들, 그리고 사람들. 세상 어디에서나 쉽게 볼 수 있는 익숙한 풍경들이지만, 더불어 낯선 호기심과 이국적 아름다움이 함께 도시를 채우고 있다.

시내 중심에 위치한 '카보 드 오르노스Cabo de Hornos' 호텔에 여장을 풀었다. 케이프 혼Cape Horn(혼곶)의 스페인어 표기란다. 혼곶은 지구의 '3대 그레이트 케이프', 즉 남아프리카 희망곶(희망봉) · 호주 루윈곶 · 남미 혼곶 중 가장 남쪽

에 위치하며 강풍과 파도로 악명이 높은 '선원들의 무덤'이다. 그걸 호텔의 이름으로 삼다니! 과연 세상 끝에 있는 호텔답다.

호텔 바로 아래엔 마젤란 광장이 있다. 사실 이 광장의 정확한 이름은 아르마스 광장La Plaza de Armas 또는 무뇨스 가메로 광장Plaza Muñoz Gamero이다. 촬영팀과 동행했던 극지 연구소의 연구원들이 편의상 그렇게 부르고 있었다. 광장의 중앙에는 마젤란 항해 400주년을 기념하기 위해 1920년에 세워진 마젤란 동상이 우뚝 솟아 있었다.

주말에는 이곳에서 소박한 야외 시장이 열리는데 노점상들이 각종 동물 뼈와 화석들, 펭귄 조각, 인형, 엽서 등을 관광객들을 상대로 판매하고 있었다.

CB7613

마침 토요일이어서 즉석에서 새하얀 배에 'Punta Arenas'라고 써 주는 작은 펭귄 조각을 두 개 샀다.

호텔방은 유럽풍의 고풍스런 건물 외관과 달리 꽤 현대적이다. 부드러운 카펫이 깔려 있고 널찍한 침대의 머리맡 벽엔 빙하와 펭귄 그림이 걸려 있다. 반쯤 닫혀 있는 커튼을 열어젖히니 저 아래로 광장이 한눈에 들어온다.

객창감(客窓感)! 나그네가 여행지에서 낯선 풍경을 바라보며 느끼는 쓸쓸한 감정. 고등학교 국어 시간에 배운 단어인데 국어사전을 뒤져 봐도 통 찾을 수가 없다. 하지만 내가 낯선 곳에서 창밖을 바라볼 때면 언제나 기억해 내는 단어이고, 그건 이곳 창가에서도 예외가 아니었다.

뿌옇게 어둠이 내리는 거리 곳곳엔 왠지 모를 쓸쓸함이 배어 있다. 행인들의 닳은 구둣발 아래로 외로움이 툭툭 차이는 듯도 하다. 미지의 땅을 찾아가는 이의 흥분과 설렘이 바람에 실려 오기도 한다.

그렇게 한참을 바라보다 우연히 방 안의 책상 위에 시선이 머문다. 아마도 이 지역의 소식지인 듯한데 제목이 「핀 델 문도Fin del Mundo」다. 내가 지금 세상의 끝에 와 있음이 분명한가 보다.

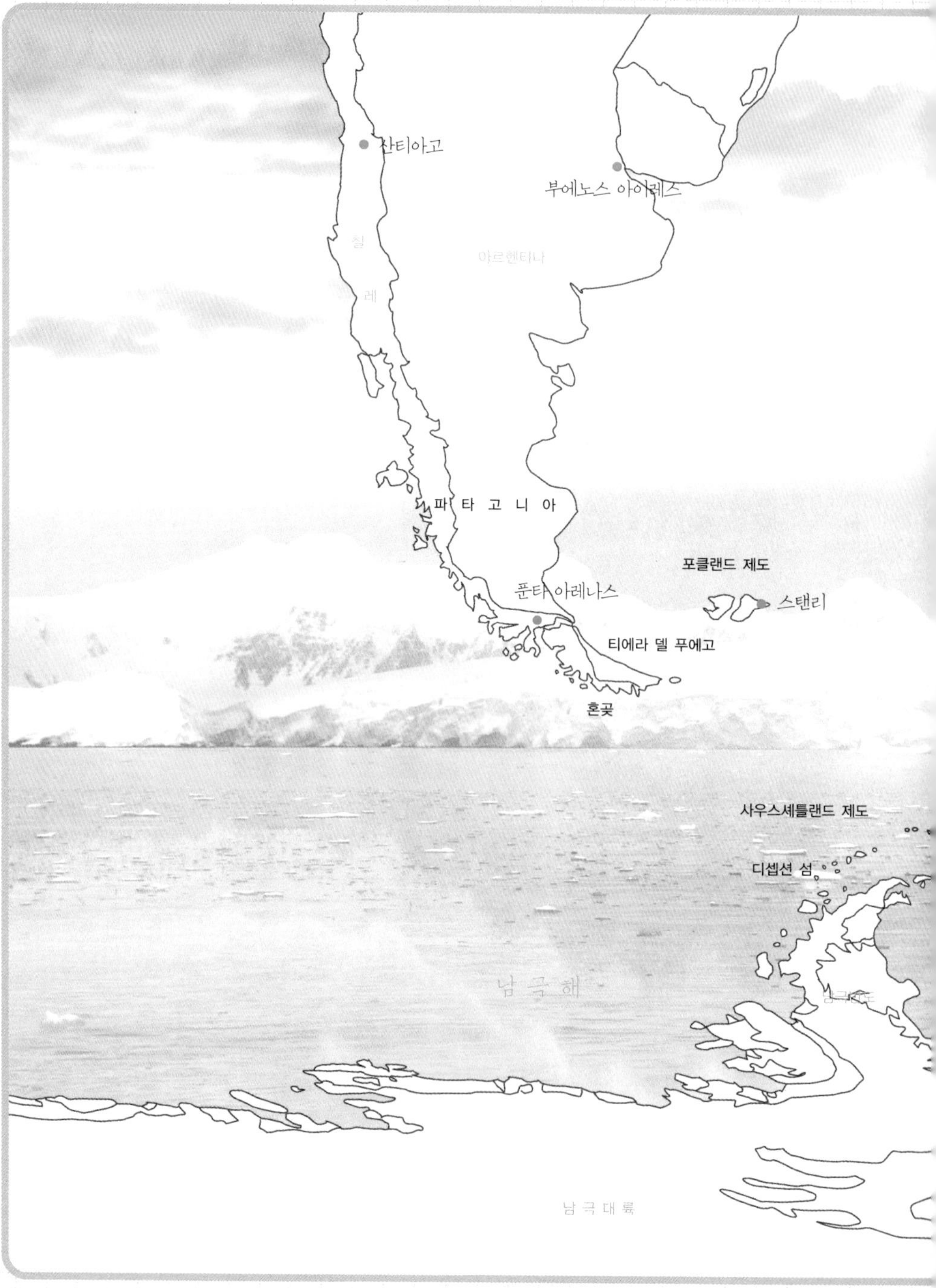

산티아고
부에노스 아이레스
칠
레
아르헨티나
파 타 고 니 아
포클랜드 제도
푼타 아레나스
스탠리
티에라 델 푸에고
혼곶
사우스셰틀랜드 제도
디셉션 섬
남 극 해
남 극 대 륙

세상의 남쪽 끝 남극

FIN DEL MUNDO

FIN DEL MUNDO

다시 세상 끝으로

인천에서 LA까지 11시간. 3시간 30분을 수속하느라 씨름하고 LA에서 페루 리마까지 9시간. 2시간을 기다려 리마에서 칠레의 산티아고까지 5시간. 다시 4시간 30분을 기다려 산티아고에서 이곳 푼타 아레나스까지 3시간 30분을 날아왔다. 드디어 편안한 침대와 뜨거운 샤워가 기다리는 곳에 여장을 풀었다. 내가 다시 이곳에 오게 될 줄은 정말 꿈에서조차 생각 못 했다. _ 2010. 9.10

7년 만에 다시 찾은 푼타 아레나스는 많은 것들이 변해 있었다. 구름과 바람과 바다를 향해 넘어질 듯 위태롭게 서 있던 나무들은 그대로였다. 하지만 사람들의 손길이 닿은 곳 여기저기는 마치 7년이라는 세월의 흔적을 드러내기라도 하듯 없던 것이 생겨나고 있던 것들이 바뀌어 있었다.

기억의 조각들을 퍼즐 맞추듯 힘겹게 짜 맞춰 보았다. 처음 이곳을 찾았을 때의 희미한 기억들이 조금씩 되살아나기 시작했다.

환경다큐 〈빙하〉의 남극 촬영을 마치고 귀국을 위해 잠시 들렀을 때, 두 번 다시는 이곳에 오지 못하리라 생각했었다. 사실 서울에서 꼬박 이틀이 걸려서야 겨우 도착한 이 멀고도 외로운 곳에 다시 올 이유가 없어 보였다. 그런데 거짓말처럼 나는 다시 이 땅 위에 서 있다. 바람과 쓸쓸함과 호기심 어린 나그네의 시선이 바다를 향해 머무는 이곳에!

마치 교외의 공장 건물처럼 덩그러니 서 있었던 공항청사가 제법 현대식 건물로 바뀌어 있다. 기내에서 연결통로를 통해 바로 공항 안으로 들어왔다. 사다리차를 내려와 차가운 바람을 헤치며 아스팔트 위를 걸었던 기억은 이제 흐릿한 추억이 되어 버렸다. 펭귄 인형과 티셔츠, 접시 따위를 파는 기념품 가게도 생겼다. 2층에서 엘리베이터를 타고 내려오니 출구 옆에 관광안내 부스도 마련되어 있다. 이만하면 각광받는 관광지의 공항으로 손색이 없어 보인다.

공항에서 시내까지 꽤 넓은 포장도로가 뻗어 있다. 내 기억이 정확하다면 예전에는 먼지 꽤나 날리던 비포장도로였던 곳이다. 길이 좋아졌으니 당연히 이동시간도 짧아졌다. 차창 밖을 바라보며 가벼운 감상에라도 젖어 보려 했던 내 상념의 시간 역시 짧아졌다.

도로 표지판과 심심치 않게 나타나는 대형 광고판들 사이로 꽤 많은 공장들이 들어서 있다. 수산물 가공 공장, 기계 만드는 공장, 가구 공장까지 종류도 다양하다. 거리는 다소 생소했지만 카보 드 오르노스 호텔과 마젤란 광장을 지날 때는 마치 이곳에서 전생을 살기라도 했던 것처럼 익숙하고 반갑기만 하다.

바닷가 옆에 새로 생긴 드림스Dreams 호텔에 여장을 풀었다. 외벽 전체를 유리로 장식한 꽤 규모 있는 현대식 건물이다. 유럽풍의 낮은 카보 드 오르노스와는 비교도 안 될 만큼 현대적 감각과 세련미가 넘쳐 난다. 하지만 왠지 푼타 아레나스와는 잘 어울리지 않는 느낌이다. 마치 단아하고 정갈한 한옥들 사이에 껑충 솟아 있는 고층 빌딩처럼.

호텔 로비에 들어서는데 오른편으로 요란한 기계음과 불빛들이 시선을 잡아끈다. 쉴 새 없이 올라가는 숫자들과 돌아가는 과일들, 민첩한 시선들과 분주한 손가락들, 그리고 능숙한 손놀림으로 카드를 주고받는 사람들. 카지노다.

맙소사! 바람과 새들의 땅, 짙은 우수와 낭만이 가득하다고 여겼던 세상의 끝 푼타 아레나스에 돈 놓고 돈 먹는 카지노가 들어서다니! 마음 한구석으로 휑한 바람이 지나간다.

땅거미가 내리기 시작하자 두툼한 손지갑을 든 중년의 남녀들이 속속 카지노로 들어간다. 한눈에 보기에도 관광객이 아닌 이곳의 주민들이다. 세상 끝에 있는 카지노가 행여 그들의 생활을 끝장내지나 않을지 걱정스럽다. 7년은 결코 짧은 시간이 아니었다.

따지고 보면 카지노가 여기에만 있는 건 아니다. 매년 가파르게 늘어나는 관광객들을 위해서도 어쩌면 그리 나쁠 건 없는 일인지도 모른다. 그럼에도 서운한 마음은 좀처럼 쉽게 가시질 않는다.

한쪽 벽면 전체가 유리인 호텔방에선 항구와 마젤란 해협이 한눈에 들어온다. 7년 전 나를 남극으로 떠나보냈던 항구도 그대로고, 새들이 피곤한 날개를 접고 쉬던 피어pier(잔교)도 변함없다. 룸서비스 메뉴와 호텔 안내 책자가 놓인 책상 위에서 익숙한 무언가가 눈에 들어온다.

Fin del Mundo!

비록 세월이 흐르고 많은 것들이 변했지만 저 낯익은 제목의 소식지만은 아직도 그대로다. 그때나 지금이나 이곳은 여전히 세상의 끝인 것이다.

포클랜드의 전쟁과 평화

푼타 아레나스를 떠나 또 다른 세상의 끝인 포클랜드로 왔다. 11시 20분에 푼타를 떠난 LAN 칠레 비행기는 아르헨티나의 리오 갈레고스Rio Gallegos를 경유하여 나를 이 머나먼 땅에 덜렁 내려놓았다. 이곳도 분명 세상의 한 부분이리라! _2010. 9. 11

푼타 아레나스의 두터운 구름을 뚫고 날아 오른 비행기가 1시간 30여 분 만에 다시 사뿐히 내려앉는다. 포클랜드Falklands에 도착한 것이다. 현재 영국령인 포클랜드는 2개의 큰 섬과 740여 개의 작은 섬들로 이루어진 남대서양의 군도다. 총 면적이 1만 2천 km^2가 넘으니 제주도의 일곱 배에 가까운 큰 섬이다.

1982년 아르헨티나와의 전쟁을 통해 지금은 확고히 영국의 영토가 되었지만 포클랜드를 둘러싼 양국 간의 입장 차이는 여전해서 크고 작은 갈등이 끊이지 않는다. 하긴 아르헨티나 입장에서 보면 본토에서 비행기로 채 1시간도 걸리지 않는, 불과 5백여 km 떨어진 이곳을 영국에게 빼앗겼으니 분통이 터질 만도 하다. 더군다나 어업과 관광산업으로 엄청난 돈을 벌어 주는 고마운 곳이 아닌가.

아르헨티나는 19세기 초 스페인으로부터 독립할 때 스페인의 영토였던 포클랜드의 영유권도 당연히 자신들에게 귀속되었다고 주장해 왔고, 영국이 이를 무단 점령한 것이라고 말한다. 반면 영국은 영국인이 최초로 섬을 발견했고 19세기 초반부터 이곳을 직접적으로 통치하고 있었으니 당연히 자기들 영토라고 주장하고 있다. 주변에 있을지도 모를 유전과 관광자원, 그리고 남극대륙 진출을 위한 교두보로서의 역할을 생각한다면 영국으로서도 결코 포기할 수 없는 중요한 곳임이 분명하다. 영국은 이곳 외에 근처 아남극권Sub-antarctic의 사우스조지아South Georgia, 사우스샌드위치South Sandwiches, 사우스오크니South Orchneys 같은 섬들도 자국의 영토로 소유하고 있다.

활주로에 내리자마자 한바탕 거센 바람이 우릴 환영한다. 바람이 지나간 자

BRITISH FORCES
SOUTH ATLANTIC ISLANDS
MOUNT PLEASANT COMPLEX

전쟁은 끝나지 않았다.

바람도 멈추지 않는다.

리 뒤로 커다란 군견의 목줄을 틀어쥔 군인 몇 명이 승객들을 맞아 준다. 긴 혀를 내민 채 헐떡이고 있는 군견의 옆으로 세월의 흔적이 역력한 낡은 대포가 어색하게 페인트를 뒤집어쓰고 있다.

이곳 마운트 플레전트Mount Pleasant 공항은 민간공항이라기보다는 군사시설에 가까워 보인다. 군인들뿐만 아니라 짙은 쑥색의 공장 같은 건물들하며 철조망과 바리케이드, 그리고 공항 앞마당에 전시된 퇴역 전투기까지. 포클랜드 전체 인구가 3천 명이 채 안 되는데 그보다 많은 군인들이 이곳에 근무하고 있다니 포클랜드를 사수하려는 영국의 의지가 자못 완강해 보인다.

시내로 가는 차창 밖으로 끝없는 초지가 펼쳐진다. 키 큰 나무라고는 단 한 그루도 찾아볼 수 없고, 띄엄띄엄 땅을 비집고 나온 우락부락한 바위들과 어른 발목 높이만큼 자란 낮은 나무들만이 전부다. 간혹 메마른 풀을 질겅이는 양들 몇 마리가 스쳐갈 뿐이다.

도로 양편으로는 사유지임을 알리려는 것인지 아니면 양들을 보호하기 위한 것인지 군데군데 철사로 울타리를 만들어 놓았다. 그런데 울타리 곳곳에 붉은색의 조그마한 팻말들이 잔뜩 매달려 있는 것이 보인다. 처음에는 대수롭지 않게 여기다 자세히 보니 세상에나! 'Danger, Mines(위험, 지뢰)' 라고 쓰여 있는 게 아닌가!

지구상 유일한 분단국가인 대한민국의 DMZ(비무장지대)도 아니고, 서울에서 꼬박 3일이 걸려 도착한 이곳에 지뢰밭이 존재한다니! 믿기지 않는 풍경이다. 저 어마어마한 면적의 지뢰밭은 포클랜드 전쟁이 남긴 씁쓸한 흔적일 것이다. 섬뜩한 철망 너머로 양들만이 용케 느긋한 식사를 즐기고 있다.

포클랜드의 수도는 스탠리Stanley다. 공항에서 35마일 정도 떨어져 있고 전

체 인구의 85%가량이 이곳에 거주하고 있다. 작은 만(灣)을 앞에 두고 알록달록한 낮은 지붕들이 옹기종기 모여 있다. 집들 사이로 외지에서 들여온 듯한 키 큰 나무들이 일제히 한쪽으로만 가지를 벋고 있는 게 보인다. 모양새가 기묘하면서도 나름 운치가 있어 이 낯선 곳과 잘 어울린다. 쉬지 않고 불어 대는 거센 바람이 가져다 준 선물인가 보다.

관광산업은 어업과 더불어 포클랜드 경제를 지탱하는 큰 수입원이다. 매년 6~7만 명의 관광객들이 100억 가까운 돈을 쓰고 간다고 하니 그 규모가 만만치 않다. 관광객들은 포클랜드에 머물기도 하지만 대부분 거대한 크루즈 배를 타고 사우스조지아나 사우스샌드위치, 그리고 남극 반도에 이르는 흥미진진한 여행을 즐긴다. 여러 종류의 많은 펭귄들과 물개들, 고래, 새들, 그리고 화려하고 신비로운 빙하에 이르기까지 대부분의 관광코스가 쉽게 볼 수 있는 것들이 아니기에 만만치 않은 비용이 든다. 그럼에도 불구하고 많은 관광객들은 혹독한 세상의 끝을 구경하고 경험하기 위해 기꺼이 주머니를 연다.

아마도 이들이 가장 보고 싶어 하는 것 중의 하나는 펭귄일 것이다. 펭귄은 굳이 남극까지 가지 않아도 포클랜드에서 쉽게 볼 수 있다. 스탠리에서 자동차로 10여 분이면 갈 수 있는 집시 소만(小灣)Gypsy Cove에서는 수백 쌍의 마젤란 펭귄들이 새끼를 낳고 기른다. 또 볼런티어 포인트Volunteer Point에서는 마젤란뿐 아니라 킹펭귄, 젠투펭귄들도 함께 볼 수 있다.

포클랜드에서 펭귄은 관광과 관련된 거의 모든 영역에서 단연 최고의 모델이다. 여행안내 책자의 많은 페이지를 채우고 있음은 물론이고 펭귄 여행사, 펭귄 우표, 펭귄 술집, 기념품 가게의 수많은 펭귄 관련 상품들, 심지어 포클

랜드에서 발행되는 유일한 신문 이름까지 「펭귄 뉴스」다. 펭귄 덕분에 먹고 사는 사람들이 이토록 많은 걸 보니 이곳에서 펭귄은 실로 고마운 존재임이 분명해 보인다.

말비나 하우스 호텔Malvina House Hotel(포클랜드가 스페인 영토였던 시절 포클랜드의 스페인식 이름이 '말비나 섬'이었다)의 식당 창 너머로 노을이 내려앉고 있다. 노을빛 때문일까 술 때문일까. 저녁을 즐기는 관광객들의 얼굴이 붉게 물들어 간다.

저들 중 몇몇은 내일이면 남극으로 향하는 화려한 크루즈 위에서 인생 최고의 여행을 즐길 것이다. 세상의 끝에서 또 다른 세상으로 향하는 기대와 흥분과 설렘을 그들의 상기된 얼굴 너머로 어렴풋이 느껴 본다.

마젤란펭귄

킹펭귄

포클랜드 초원의 펭귄들

• FIN
DEL
MUNDO •

바람의 운명

바다가 부글부글 끓고 있다. 날렵하게 말려 올라간 물끝이 푸른 하늘을 향해 눈송이 마냥 흩어진다. 먼 창밖으로 내다보이는 파란 바닷물이 새하얀 거품을 토해 내며 일렁이고 있다. _ 2010. 9. 12

아침부터 제법 센 바람이 불고 있다. 시속 50노트 가까운 강풍이다. 그래서 물 한 통 사려고 슈퍼마켓 가는 길엔 몸을 앞으로 15도에서 20도쯤 기울이고 걸어야 한다. 그래야만 앞으로 나아갈 수 있다.

칠레의 푼타 아레나스와 마찬가지로 이곳 포클랜드도 바람의 땅이다. 그나마 나무 구경을 할 수 있는 스탠리에서는 대부분의 나무들이 모진 바람에 못 이겨 한쪽으로만 가지를 벋고 있다. 오지(奧地)라는 느낌을 물씬 풍기는 생소하고도 아름다운 풍경이다.

THATCHER DRIVE

나무 한 그루 없어 거칠 것 없는 드넓은 대지 위로 온종일 바람이 질주한다. 한참을 달려온 남국(南國)의 바람은 이름 모를 들꽃의 잎사귀 밑에, 누군가의 정원 가시나무 끝에, 외투 깃을 움켜쥔 이방인의 단단한 어깨 위에 한낮의 맑은 태양과 바다 내음을 뚝뚝 떨어뜨려 놓고 저만치 달아난다.

바람은 결코 뒤를 돌아보는 법이 없다. 한번 지나쳐 온 것은 그저 과거일 뿐 다시 돌아가기 위해 애쓰거나 아쉬워하지 않는다. 비록 어딘가 이름 모를 세상의 끝에서 흔적도 없이 사라져 버릴지라도 달려온 시간들을 애달파하거나 후회하지 않는다. 때로는 메마른 대지의 새싹 아래로, 때로는 구슬픈 바다 위로, 또 때로는 백발이 성성한 노인의 귀밑머리 아래로 주어진 시간 동안을 달려갈 뿐이다.

그렇게 달릴 만큼 달리다가 이윽고 사라진다.

그것이 바람의 운명이다.

• FIN DEL MUNDO •

아득한 **뱃길**

지루한 항해가 계속되고 있다. 시간은 정말이지 비바람이 거대한 바위를 깎듯 더디게 더디게 흐른다. 최소한 이곳 대서양과 남극해 사이 어정쩡한 지점에서의 시간은 그렇게 흘러가는 듯하다. 흔들리는 배에 미처 적응하지 못한 몸이 간밤에 거의 30분마다 한 번씩 날 깨어나게 했다. 아침에 일어나니 잠을 잔 건지 꿈을 꾼 건지 물 먹은 스폰지마냥 몸이 무겁다. _ 2010. 9. 16

포클랜드의 스탠리를 출발한 배가 내해를 벗어나자마자 좌우로 흔들리기 시작한다. 미지의 땅에 대한 기대와 설렘으로 두런두런 이야기를 주고받던 팀원들이 모두 슬그머니 선실로 들어가 버린다. 다들 속이 편치 않은 모양이다. 항해 기간 동안 우리가 한 일이라고는 잊을 만하면 한 번씩 나타나 아직 살아있음을 서로에게 알리는 정도였다.

먼 바다로 나아갈수록 흔들림은 더해 갔다. 살롱salon(우리 배의 거실)의 작은 창 가득 짙은 바닷물과 잿빛 하늘이 교대로 나타나고, 간혹 배를 집어삼킬 듯 파도가 갑판 위로 쏟아지기도 한다. 꽤 멀리 왔음에도 변함없이 배 주위를 선회하는 페트렐Petrel (남극 주변에 서식하는 새. 자이언트페트렐, 스노우페트렐 등 여러 종이 있음)들의 날렵한 날갯짓이 부럽기만 하다.

들리는 건 오로지 규칙적인 엔진 소리뿐! 태양이 사라져 살롱의 침침한 호박등을 켜고서야 시간이 멈춰 있지 않고 흐르고 있음을 겨우 알 뿐이다.

"섬이 보인다!"

캐씨(우리 배에서 요리를 담당한 프랑스인) 아주머니가 갑판에서 내려와 크게 외치고는 황급히 다시 올라가 버린다. 가출한 지 반년쯤 지난 강아지마냥 살롱에 아무렇게나 널브러져 있던 제니(사우스조지아에서 우리를 도와준 여성 연구원)와 나는 바람처럼 조종실로 뛰어 올라갔다.

전면 가득 하늘과 바닷물을 번갈아 보여 주는 조종실 창 너머로 수평선 어딘가에 뭔가가 보였다 안 보였다 한다. 제롬(우리 배의 노련한 선장)의 고성능 망원경을 눈에 들이대고서야 그것이 섬임을 확인할 수 있었다. 희끗한 눈(雪)을 머리에 인 자그마한 섬이 출렁이는 바닷물에 곧 사라져 버리기라도 할 듯 위태롭게 솟아 있었다. 분명 두 발로 딛고 설 수 있는 단단한 육지였다.

꼬박 나흘이 걸렸다.

또 다른 세상의 끝을 찾아가는 여정은 아득함과 외로움과 두려움의 시간이다. 또한 그것들을 이겨 내는 처절한 인내의 시간이기도 하다.

그 시간의 끄트머리에 사우스조지아가 있었다.

• FIN
DEL
MUNDO •

빙원(氷原), 차가운 야생

태어나고 울고 먹고 놀고 싸고 가만 있고 잠자고 일어나고, 또 태어나고 울고 먹고 놀고 싸고 가만 있고 잠자고 일어나고, 또 태어나고 울고 먹고 놀고 싸고…… 그리고 죽고. _ 2010. 9. 29

벌써 세 시간째 펭귄들과 자이언트페트렐Giant Petrel 무리들을 번갈아 노려보고 있다. 이곳 포제션 베이Posession Bay에 온 지 나흘째! 아직 제대로 세상 구경도 못한 어린 펭귄들에게는 미안한 일이지만 나는 자이언트페트렐이 펭귄 새끼를 잡아먹는 것을 애타게 기다리고 있다. 어제와 그 전날에도 사냥은 있었고 촬영도 어느 정도 했지만 약간의 아쉬움이 오늘도 이 자리를 지키게 한다.

방한(防寒)과는 별 상관없는 고무장화 속의 얼어붙은 발가락이 서서히 감각을 잃어 가고, 참아 왔던 소변을 지금 해결해야 하나 마나를 고민하는 찰나!

녀석들의 움직임이 심상치 않다. 오늘은 제발 사냥 한번 제대로 해봐라……. 간절한 바람과 함께 차가운 카메라에 눈을 바짝 들이댔다. 킹펭귄 새끼들의 탁아소Crech(펭귄들은 생후 3주가 지난 새끼들을 한데 모아 공동으로 키운다.)를 한참 동안이나 예의주시하던 자이언트페트렐 한 녀석이 드디어 행동을 개시한다.

우선 탁아소의 한가운데로 돌진한다. 혼비백산한 어린 펭귄들이 두 갈래로 흩어지면서 흡사 모세의 기적처럼 무리의 한가운데에 길이 열린다. 수백 마리의 펭귄 새끼들이 단 한 마리의 자이언트페트렐이 움직이는 방향에 따라 이리저리 몰려다니며 어쩔 줄을 몰라 한다. 크고 작은 비명 소리가 한꺼번에 터지면서 탁아소 전체가 아수라장이 된다. 개중엔 넘어지는 놈도 있고, 도망갈 방

누군가의 탁아소는 또 다른 누군가의 사냥터.

향을 몰라 서로 부딪히는 놈도 있고, 무리로부터 저만치 이탈하는 놈도 생겨난다.

자이언트페트렐이 노리는 먹잇감이 바로 이런 녀석들이다. 무리 속을 몇 차례 휘젓다 보면 어느 순간 한두 녀석이 무리로부터 떨어져 나가 갈 곳을 모른 채 갈팡질팡하기 마련이다. 노련한 사냥꾼이 먹잇감을 놓칠 리 없다. 쏜살같이 달려가 한 녀석의 목을 공격하기 시작한다. 보통 자이언트페트렐은 어린 펭귄의 목이나 항문을 집중 공격하는데, 피부가 연약해 쉽게 죽일 수 있을뿐더러 신선한 내장을 손쉽게 얻을 수 있기 때문이다.

일단 공격이 시작되면 목표로 삼은 한 녀석만 집요하게 공격한다. 어린 새끼는 살기 위해 죽을힘을 다해 무리로 돌아오려 하지만 사냥꾼의 날카로운 부리를 쉽게 벗어나지 못한다. 간혹 어른 펭귄들이 달려와 새끼를 구출하는 경우도 있고 새끼 스스로 필사적으로 탈출해 다시 무리 속으로 돌아가는 경우도 있지만, 대개는 한 마리의 어린 펭귄이 못다 핀 생을 마감하는 것으로 끝이 난다.

오늘도 상황이 그렇게 될 줄 알았다. 이미 수차례의 공격을 받은 어린 펭귄이 죽음을 넘나드는 듯 흐릿한 눈빛으로 적에게 온몸을 내맡기고 있었다. 그러다가 공격하던 녀석이 지친 것인지, 아니면 그냥 내버려 둬도 도망가지 못하리라는 확신 때문이었는지 아주 잠깐 방심한 틈을 보였다.

그 순간, 정말 믿기 힘든 상황이 벌어졌다. 자이언트페트렐의 무차별 공격에 온몸을 유린당하고 차가운 눈밭 위에 쓰러져 있던 어린 펭귄이 갑자기 벌떡 일어나더니 근처에서 촬영을 하고 있던 내게로 달려오는 것이 아닌가! 대체 어디서 그런 힘이 솟아났는지 정말로 쏜살같이 달려왔고, 뒤늦게 상황을 파악한 사냥꾼이 그 뒤를 다급하게 추격해 왔다.

짧은 다리로 죽을힘을 다해 달려온 녀석이 촬영 중인 내 카메라의 다리를 부여잡고 날 쳐다본다. 순간 어린 펭귄의 절박한 눈동자와 눈이 마주치고 말았다. 비록 말은 통하지 않지만, 제발 살려 달라는 간절한 호소와 절규가 생생하게 전해져 온다.

이 뜻하지 않은 상황에 당황한 건 자이언트페트렐만이 아니었다. 촬영을 하고 있던 나 또한 어찌할 바를 몰랐다. 추격해 온 사냥꾼이 다시 공격을 퍼붓는다. 하지만 처음만큼 맹렬하지는 않다. 먹잇감의 뒤에 버티고 있는 내 눈치를 살피는 모양이다. 불쌍한 어린 것은 온몸을 바르르 떨며 카메라와 나를 등지고 적과의 마지막 일전을 벌이고 있었다.

이곳 사우스조지아를 비롯한 남극권에는 야생 동식물들에 대해 지켜야 할 원칙들이 몇 가지 있다. 그중 하나가 인간은 동물들의 자연스러운 야생 생활에 조금이라도 영향을 주거나 개입해서는 안 된다는 것이다. 실제로 이곳에선 펭귄을 비롯한 모든 동물들에게 몇 미터 이내로 접근하는 것이 금지되어 있다. 단, 동물들이 인간에게 접근하는 것은 문제될 게 없다. 이곳의 주인은 바로 그들이니까.

그러므로 비록 어린 펭귄이 불쌍하고 내 손짓 한 번에 위험한 포식자를 멀리 쫓을 수 있는 상황일지라도 결코 그런 행동을 해서는 안 된다. 처절한 생존경쟁Struggle for Existence이야말로 자연의 본모습이니까. 태어나고 먹고 먹히는 모든 일들이 그들에게는 삶의 전부인 것이다.

촬영은 접어 두고 사시나무 떨듯 카메라 다리를 움켜쥐고 있는 가엾은 펭귄을 그저 바라보고만 있자니 이러지도 저러지도 못하는 내 자신이 안타깝기만 하다. 띄엄띄엄 공격하던 사냥꾼 녀석도 공격을 멈추고 펭귄과 나를 번갈아 살피고 있다.

살기 위해 죽이려는 자이언트페트렐과 살기 위해 도망치려는 어린 펭귄, 그리고 그걸 지켜보는 나! 각기 다른 세 종류의 동물들이 남극해의 외딴 섬 사우스조지아에서 얼어붙은 듯 대치하고 있다. 실패하면 또 다른 먹이를 사냥하면 그만인 자이언트페트렐이나 제삼자인 나에게는 어쩌면 그리 심각하지 않은 상황일 수도 있다. 하지만 삶과 죽음의 갈림길에 선 어린 펭귄에게는 그야말로 생애 최고의 절박한 순간일 것이다. 우린 그렇게 꽤 오랜 시간을 침묵 속에 붙박혀 있었다.

팽팽하고 숨 막히는 대치 국면을 가장 먼저 깬 것은 자이언트페트렐이었다. 아무래도 안 되겠다 싶었던지 다른 사냥감을 찾기 위해 주위를 두리번거린다. 이때다 싶어 재빨리 카메라 다리를 치워 주었다. 그러자 어린 펭귄이 꽁지가 빠지도록 내달려 무리 속으로 들어간다. 비록 다음번에 또 다른 놈으로부터 공격을 당할지라도 어쨌든 오늘은 목숨을 건진 것이다.

다 잡았던 먹잇감을 눈앞에서 놓친 자이언트페트렐은 쓴 입맛을 다시며 나를 흘깃 쳐다보더니 이내 어디론가 자리를 떴다. 그리고 내겐 '펭귄 아빠'라는 엉뚱한 별명이 생겼다. 멀리서 상황을 지켜보던 팀원들이 붙여 준 것이다. 하긴, 의도하진 않았지만 어쨌든 내가 어린 펭귄을 지켜 준 셈이 되었으니 그 별명도 전혀 엉뚱한 것만은 아닐 터이다.

한 번 고비를 넘긴 목숨은 그만큼 더 모질고 길다는데 오늘 그 어린 녀석도 제명 다할 때까지 무사하게 살 수 있으려나 모르겠다. 이 살벌하고 준엄한 세상의 끝에서.

부디 자연이 녀석에게 허락한 시간이 최대한 길기를 바랄 뿐이다.

FIN DEL MUNDO

세상 끝에서 보낸 엽서

우체국에 들러 서울 집에 엽서를 보냈다. 펭귄 사진이 있는 엽서에 소식을 적고 겉봉투에는 앨버트로스 우표를 붙였다. 침을 묻혀 봉투를 봉하고 혹등고래 스탬프를 기념으로 찍었다. 한 달쯤 후에 편지를 받고서 자못 신기해할 아내의 얼굴이 떠오른다. 불현듯 사랑하는 가족들의 얼굴이 못 견디게 보고 싶다. _ 2010. 9. 30

아침부터 캐씨 아주머니가 빨랫감 있으면 모두 가져오라며 부산을 떤다. 출항 이후 단 한 번도 세수한 얼굴을 보여 주지 않았던 제롬 아저씨도 나더러 샤워를 하란다. 오늘은 KEP(King Edward Point)에 가는 날이다.

사우스조지아는 포클랜드와 주변의 사우스샌드위치 제도와 더불어 영국령에 속해 있으며 명목상의 자치 정부를 두고 있다. 대통령도 없고 군대도 없는 이름뿐인 정부긴 해도 여권엔 그들만의 유일한 스탬프를 찍어 준다. 출입국

관리를 포함한 행정적인 업무를 담당하는 두세 명의 공무원이 상주하는 곳이 바로 오늘 우리가 방문할 KEP다.

사우스조지아를 방문하는 모든 배들은 반드시 이곳을 거쳐 가야만 한다. 이곳에서 입국 수속도 하고 돈도 내고(관광객, 촬영 팀 할 것 없이 사우스조지아를 방문하는 모든 사람들은 돈을 지불해야 한다. 자그마치 하루에 40파운드씩이나! 우리 촬영 팀에겐 여기에다 별도의 촬영료까지 요구했다) 신선한 물도 공급 받는다. 우리 배도 거의 비어 가던 물탱크를 다시 가득 채웠다.

KEP엔 상주 공무원 외에 10여 명이 넘는 BAS(British Antarctic Survey) 연구원들도 있다. 2년 동안 이곳에서 각종 동식물들에 대한 연구를 수행한 뒤에 새로운 연구원들로 교체된다. 이렇게 20명 남짓한 사람들이 사우스조지아 거주 인원의 전부다. 우리 팀의 일원인 제니 역시 이곳에서 2년간 연구원으로 근무한 경력이 있는 '박사님'이시다.

그런데 이곳 KEP에는 한 가지 재미있는 게 있다. 아마도 세상에서 가장 외떨어져 있음이 분명한 우체국이 있다는 것이다.

주민도 없는 이 외로운 세상의 끝에 거짓말처럼, 정말로 우체국이 있었다. 선명한 붉은색으로 쓰여진 'POST OFFICE' 안에는 사우스조지아의 다양한 풍광을 담은 엽서들과 자체 발행 우표들이 벽 한 면을 빼곡히 장식하고 있었다.

이런 곳에 웬 우체국인가 하겠지만 알고 보면 그렇지만도 않다. 관광 성수기인 11월~2월엔 펭귄과 물개들을 보기 위해 수많은 관광객들이 값비싼 경비를 아까워하지 않고 이곳을 찾는다. 그리고 세상의 끝에서 만난 조그마한 우체국에서 우표를 사고 엽서를 쓰고 각자의 사연들을 실어 보낸다. 이 우체

POST OFFICE

POST YOUR
POSTCARDS
&
LETTERS
HERE

SOUTH GEORGIA
PRESERVE
South Georgia
CHINSTRAP PENGUIN
ades of South Georgia Stamps Sheetlet
£6.50
Preserve the Polar Regions sheetlet
£2.20
Cephalopods sheetlet
£2.00
Chinstraps Sheetlet
£10.60

세상 끝의 우체국

국은 평소엔 닫혀 있다가 관광객이나 누군가의 요청이 있을 때에만 비로소 문을 연다고 한다.

편지와 엽서가 주요한 통신수단이었던 시절은 이미 옛날이다. 한국에서 쓰던 휴대전화의 전원을 켜는 것만으로도 원하는 이의 목소리를 세상 곳곳에서 쉽게 들을 수 있으니까. 하지만 이곳에서는 당연히 로밍이 안 된다. S사의 최첨단 단말기인 내 휴대전화도 푼타 아레나스를 마지막으로 알람시계와 앨범 기능만을 할 뿐이다.

입국 수속과 물 보충을 위해 KEP에 들른 우리 일행도 우체국을 방문했다. 그 전날 수속을 위해 배를 찾아온 이민국 직원에게 특별히 부탁해 두었던 것이다. 우리 네 사람을 위해 우체국은 기꺼이 문을 열고 환영을 해 준다. 모두들 다소 상기된 얼굴로 기념우표를 사고 엽서를 썼다. 이곳은 한국으로 편지를 보낼 수 있는 세상에서 가장 먼 우체국이 아닌가! 운이 좋을 경우 서울까지 한 달이면 도착한다고 직원이 친절하게 일러 준다.

나도 엽서 한 장을 골라 본다. 눈 덮인 산을 등지고 푸른 바다를 응시하는 예쁜 펭귄이 담겨 있다. 세상 끝에서의 외로움과 아득함을 실어 정성스레 적어 본다.

그리운 연희, 그리고 예서에게……

· FIN DEL MUNDO ·

슬픈 한대(寒帶)

20세기에 사우스조지아에서 포획된 고래는 자그마치 18만 마리에 육박했다고 한다. 살육, 또는 학살! 대체 어떤 단어가 그 참혹함을 온전히 담아 낼 수 있을까?

_ 2010. 10. 1

포클랜드로부터 동쪽으로 1천4백여 km 떨어진 외딴 섬 사우스조지아는 길이 170km, 너비 32km의 제법 큰 섬이다. 최초의 발견은 1675년으로 거슬러 올라가지만 18세기 후반이 되어서야 정식으로 지도에 등장한다. 영국인 제임스 쿡 선장에 의해 세상에 소개되었고 '사우스조지아 섬'이라는 이름도 갖게 되었다.

평화로웠던 섬은 그때부터 거대한 살육의 현장으로 돌변한다. 섬 어디에서나 빼곡히 무리 지어 살고 있던 물개Fur Seal들에 대한 인간의 무자비한 학살이

시작된 것이다. 사우스조지아의 물개들은 다른 종들에 비해 네 배나 조밀하고 튼튼한 가죽을 지니고 있었다고 한다. 가죽으로 된 옷이나 구두를 만들고자 하는 '문명인' 들의 눈에는 더할 나위 없이 훌륭한 소재였던 것이다.

18세기 후반에서 19세기에 걸쳐 실로 헤아릴 수 없이 많은 물개들이 인간의 손에 의해 희생되었다. 20세기에 접어들면서 물개 가죽과 기름에 대한 세상의 관심이 많이 시들해졌지만 사우스조지아에서의 살육은 멈추지 않았다. 다만 그 대상이 물개에서 고래로 바뀌었을 뿐이다.

1904년부터 시작된 포경산업은 또 하나의 황금알을 낳는 거위였다. 바다에는 무수히 많은 고래들이 있었고, 일확천금을 꿈꾸는 인간들이 황금을 좇는

갱들처럼 사우스조지아로 몰려들었다. 고래잡이가 절정을 이루었던 1918~1919년에는 6개의 대형 포경기지가 이곳에 건설되어 매년 수천, 수만 마리의 고래들을 잡아들였다고 한다. 1965년 이후 포경은 국제적으로 금지되었고, 지금은 보기 흉한 잔해들만이 섬 곳곳에 산재해 있다.

KEP 소만(小灣)에는 사우스조지아 최초의 포경기지였던 그리트비켄Grytviken

이 자리하고 있다. 지금은 녹슨 고철 덩어리와 망가진 기계들뿐이지만 한때는 매년 수천, 수만 마리의 고래를 잡아 처리하던 사우스조지아 포경기지의 선봉이었던 곳이다. 이곳에서만도 1904년 12월에 최초의 고래를 잡은 이후 1964년 12월 문을 닫을 때까지 무려 5만 4천 마리가 넘는 고래를 처리했다고 한다.

그밖에도 사우스조지아에는 5개의 포경기지가 더 있었고 그간 포획된 고래의 수만 해도 17만 5천 마리가 넘었다고 한다. 평균 15미터에 달하는 고래 18만여 마리가 바다에서 사라졌으니 남극해의 수위가 그만큼 낮아지지나 않았는지 모르겠다.

어디선가 난데없이 펭귄 두 녀석이 나타났다. 길을 잃은 것인지 아니면 무리로부터 떨어져 소풍이라도 나온 건지, 흉흉한 공장의 녹슨 쇳덩어리들 사이에서 연신 고개를 두리번거린다. 마치 낯선 이방인들처럼. 하지만 이곳은 그들이 태어나고 자란 고향이자 놀이터가 아니었던가.

인간은 애초부터 이 땅의 주인이 아니었다. 사우스조지아의 주인은 누가 뭐라 해도 펭귄들과 물개, 그리고 수많은 새들이다. 매년 6종류가 넘는 펭귄들이 관찰되고 있으며 그중 4종은 사우스조지아에서 새끼를 낳고 기른다. 또한 물개들은 남극권에서 가장 많은 개체가 이곳에 서식하고 있다.

이들은 대부분 남반구의 여름인 10월부터 1월 사이에 번식을 위해 이곳을 찾는다. 킹펭귄King Penguin이나 완더링 앨버트로스Wandering Albatross처럼 1년 내내 머무는 종들도 있지만, 대부분의 종들은 추운 겨울을 다른 곳에서 보내고 번식과 육아를 위해 이곳에서 여름을 난다. 이렇듯 아남극권 일대 생태계에서 중요한 역할을 담당하는 사우스조지아가 분별 없는 인간들에 의해 오랫동안

살육의 땅으로 전락했던 것이다. 지구엔 슬픈 열대(熱帶)만 있었던 게 아니고 슬픈 한대(寒帶)도 있었다.

펭귄들의 황망한 눈동자 뒤로 거대한 포경선이 시뻘건 세월의 녹을 뒤집어쓴 채 흉물스럽게 서 있다. 살육 도구였던 기계들의 낡은 톱니바퀴 사이로 설핏 고래들의 '푸우-' 하는 한숨소리가 들리는 듯도 하다. 그 옛날 노동자들의 고함과 고래들의 절규가 뒤엉키던 하늘과 바다를 남극의 물새들이 유유히 넘나들고 있다.

FIN DEL MUNDO

생명들 눈뜨는 남극의 여름

물개들의 요란한 소리가 고요한 저녁 시간을 어지럽힌다. 역겨운 냄새만 아니면 그런대로 들을 만하다. 세상 어디에서 이놈들의 재잘대는 소리를 다시 들을 수 있겠는가! 어느덧 파란 하늘은 사라지고 산 너머에서 시커먼 구름 떼가 몰려든다. 밤새 눈이라도 오려나 보다. 어쩌면 여름이니 비가 올지도 모르겠다. _ 2010. 12. 5

사우스조지아에 여름이 왔다. 1차 촬영을 마치고 돌아간 것이 불과 한 달 반 전인데 보이는 풍경이 사뭇 달라져 있다. 이 고독한 외딴 섬에서도 계절의 변화는 거역할 수 없는 자연의 법칙인 것이다.

우선 흰 눈이 대부분 자취를 감췄다. 높은 산 위에는 여전히 만년설이 남아 있지만 지난번 촬영 때 해안가 낮은 지역까지 덮고 있던 눈들은 흔적을 찾아볼 수 없다. 또 섬의 색깔이 달라졌다. 저지대의 풀들이 자라는 지역은 제법

짙은 초록으로 한창 풀갈이를 하고 있는 중이다.

하지만 더 중요한 변화는 섬의 주인이 바뀌고 있다는 점이다. 이곳의 안방 마님인 킹, 젠투펭귄Gentoo Penguin들과 자이언트페트렐 등 새들은 여전히 엄청난 개체 수를 자랑하고 있다. 그러나 지난번에 해안 어디서나 볼 수 있었던 코끼리해표Elephant Seal들은 거의 모두 떠나 버리고 대신 그 자리를 무수한 물개들이 채우고 있다. 얼마나 많은 물개들이 이곳으로 몰려왔는지 보이는 해안마다 발 디딜 틈이 없을 정도로 빼곡하다.

역겨운 냄새를 사정없이 풍겨 대는 이놈들은 허구한 날 싸움질이다. 마치 총알이 다 떨어진 병사들이 맨몸으로 육탄전을 벌이듯 여기저기서 물고 뜯고

난리도 아니다. 이들이 싸우는 이유는 대부분 영역 다툼이거나 암컷들을 차지하기 위한 것인데, 보고 있으면 여간 치열한 게 아니다. 단 한 번의 공격으로 싱겁게 끝나는 싸움도 있지만 간혹 두 녀석 모두 온몸이 피투성이가 되도록 수십 분 이상 계속되기도 한다. 이따금 갓 태어난 어린 새끼들이 이들의 싸움 틈바구니에서 깔려 죽는 불상사도 일어난다고 한다.

마카로니펭귄Macaroni Penguin 또한 새 주민이 되었다. 남극해에서 추운 겨울을 보내고 번식을 위해 돌아온 것이다. 해안가 비탈진 돌무더기 사이에 수백 수천 마리씩 둥지를 틀고 알을 품고 있다. 마카로니뿐만 아니라 킹펭귄도 포란(抱卵) 중이고, 젠투와 친스트랩펭귄Chinstrap Penguin은 이미 부화가 시작되었거나 마친 상태다. 막 태어났거나 앞으로 태어날 모든 생명들이 바로 이 섬의 또 다른 주인인 것이다.

새들도 많이 돌아왔다. 초록으로 뒤덮인 해안가 절벽 지대는 마치 잔설처럼 보이는 새하얀 점들로 가득하다. 행운의 상징인 앨버트로스의 둥지들이다. 강풍이 몰아치는 깎아지른 절벽 위를 우아하게 비행하는 녀석들의 모습은 경이롭기까지 하다. 이들 중 완더링 앨버트로스는 날개를 펼쳤을 때 길이가 3미터가 넘을 만큼 큰 새다. 무게 또한 10kg에 달해 하늘을 나는 지구상의 새들 중 가장 크고 무거운 새에 속한다.

지난번 촬영 때 스케치해 두었던 완더링 앨버트로스 칙chic(새의 어린 새끼)을 찾

아 보기로 했다. 해안에 상륙하는 것부터가 난관이었다. 무슨 노르망디 상륙 작전도 아니고, 해안을 점령한 채 영역싸움에 열중하고 있는 사나운 물개들을 피해 무사히 상륙하기가 여간 어려운 게 아니었다. 한 손엔 카메라, 다른 한 손엔 긴 막대기를 들고 돌진해 오는 물개들을 달래고 위협하며 겨우 상륙에 성공했다.

하지만 기쁨도 잠시. 그때부터가 진짜 난관이었다. 앨버트로스 둥지가 있는 곳까지 가려면 물이 흐르는 계곡을 한참 걷다가 얕은 산을 올라가야 했는데, 눈에 보이는 계곡은 이미 물개들의 또 다른 격전지였다. 그 사이를 지나가는 것은 화약통을 등에 지고 불 속에 뛰어드는 것만큼이나 무모하고 위험해 보였다. 결국 계곡을 포기하고 옆의 언덕을 오르기 시작했다.

언덕 또한 만만치 않았다. 경사도 가파를뿐더러 길게 자란 풀들이 시야를 가려 어디가 땅이고 어디가 구덩이인지 좀처럼 분간할 수가 없었던 것이다. 이곳의 초지(草地)는 특이하게도 엠보싱 화장지마냥 작은 둔덕들이 끝없이 펼쳐져 있고 그 위를 풀들이 덮고 있다. 조금만 주의를 게을리해도 미끄러지거나 발목을 삐기 십상이다. 게다가 간혹 꽤 높은 곳까지 기어올라 와 풀 속에서 낮잠을 자고 있다가 느닷없이 고개를 쳐들고 괴성을 질러 대는 물개들이 있어 우리의 발걸음을 더욱 더디게 한다. 팀원들 모두 위태로운 발걸음과 무거운 장비에도 불구하고 사주경계에 여념이 없다. 다들 고생이 이만저만이 아니다.

둥지에 도착하니 지난번의 새끼들은 이미 저 푸른 하늘을 향해 커다란 날개를 펼치고 훨훨 날아가 버린 뒤였다. 물개들과의 한바탕 전쟁과 온갖 고생을 생각하면 여간 실망스러운 일이 아니다. 보드라운 솜털을 벗고 제법 단단해진 깃털로 황홀한 처녀비행을 꿈꾸고 있었을 녀석들의 까만 눈동자를 볼 수 없다는 게 못내 아쉽기도 하다. 하지만 시간은 결코 우릴 기다려 주지 않는 법이 아닌가.

주인이 떠나 버린 서늘한 둥지에는 오래되지 않은 허전함이 묻어 있다. 하지만 차가워진 둥지는 머지않아 따뜻한 온기로 다시 채워질 것이고, 그 속에서 새로운 생명이 영원히 자라날 것이다.

혹등고래의 이루지 못한 꿈

배에서 보니 해안에 죽어 있는 고래가 커다란 검은 바위 같다. 흰 파도가 몸에 부딪쳐 사방으로 흩어진다. 이 녀석도 쿡 아일랜드나 타히티로부터 머나먼 길을 왔을 텐데, 제명을 다하지 못하고 죽어 버렸으니 가여운 생각이 든다. 어쩌면 지난여름 쿡 아일랜드에서 내가 만났던 숱한 고래들 중 한 마리일지도 모르겠다.

_ 2010. 12. 12

세인트 앤드류스 베이St. Andrews Bay에 닻을 내리자마자 제롬이 작은 고무보트 '조디악'을 몰고 순찰을 나갔다. 꼭 한 달 만에 다시 찾은 세인트 앤드류스 베이는 전보다 더 많아진 킹펭귄들로 채워져 멀리서 보기에도 촘촘한 콩나물 시루처럼 발 디딜 틈이 없어 보인다. 바람을 타고 펭귄들의 익숙한 냄새(양계장에서 나는 닭 냄새와 비슷하다)가 은근히 코를 자극한다.

잠시 후 제롬이 돌아왔다. 배에 오르자마자 다급하게 순찰 결과를 브리핑한다. 해안가 바위틈에 혹등고래Humpback Whale 한 마리가 죽어가고 있고, 자이언트페트렐들이 만찬을 즐기러 속속 몰려들고 있다는 소식이다. 어쩌다 혹등고래가 이곳 해안까지 오게 되었는지 다들 의아한 얼굴들이다. 아마도 오는 도중 여기저기 상처를 입은 것 같다고 제롬이 보충 설명을 해 준다.

서둘러 촬영 준비를 하고 고래가 있다는 곳으로 달려갔다. 과연 그곳에 혹등고래가 있었다. 만(灣)으로 접어드는 바위투성이의 해안가 절벽 아래에 육지 쪽으로 휘어져 들어와 간신히 바닷물이 들락거리는 작은 공간이 있었다. 물개나 펭귄들이 수영장으로나 쓸 법한 그리 넓지 않은 공간인데 덩치 큰 고래가 거기까지 들어와 있었다.

얼핏 보기에도 9~10미터 정도는 되어 보였다. 완전히 다 자란 어른 고래는 아니고 2~3년쯤 된 아직 어린 고래다. 파도가 들썩일 때마다 얼핏얼핏 드러나는 몸 여러 곳에 크고 작은 상처들이 보인다. 그래도 아직은 살아 있어 연신 몸을 뒤척이며 고통스런 숨을 뱉어 내고 있다.

서둘러 촬영을 마치자 본격적인 고래 구출 작전이 시작되었다. 우선 고래의 꼬리지느러미에 굵은 밧줄을 묶고 제롬의 배와 연결한다. 고래와 바위틈의 출구, 그리고 배를 일직선상으로 정렬하고 잠시 기다린다. 바닷물이 고래 주위로 최대한 밀려들어 오기를 기다렸다가 배를 출발시켜 바다로 끌어낸다는 계획이다.

어린놈이라도 무게가 15톤에 육박하는 큰 고래를 65톤급의 작은 배가 끌어내기란 쉬운 일이 아니었다. 어쨌든 몇 번의 시도 끝에 고래가 바위틈을 벗어

나 만(灣)으로 끌려 나갔다. 넓은 바다로 나간 고래는 연거푸 밭은 숨을 토해 내더니 꼬리지느러미로 수면을 두어 번 내리친다. 놀랍게도 묶여 있던 밧줄이 꼬리에서 벗겨졌다. "와우!" 옆에서 지켜보던 캐씨 아주머니가 환호성을 지른다.

몸이 자유로워진 고래는 곧바로 큰 바다로 나아가지 않고 천천히 해안가를 따라 만(灣)으로 헤엄쳐 갔다. 마치 목숨을 구해 준 데 대한 감사의 인사라도 하고 가려는 듯 만(灣)을 돌아 배 주위로 다가간다. 다들 마음속으로 어린 고래의 앞날이 순탄하길 기원하고 있는데 갑자기 녀석이 방향을 바꿔 다시 해안가로 향하는 것이 아닌가! 감사의 인사는 한 번으로 족하니 어서 큰 바다로 돌아

가라고 외쳐 보지만 계속 해안을 향해 헤엄쳐 간다. 그러더니 급기야 해안가 모래톱에 거대한 몸을 누이고 만다.

기운이 없어 잠시 쉬었다 가기라도 하려는 걸까? 아니면 상처가 깊어 이곳에서 짧은 생을 마감하려는 걸까? 상태를 살피고 온 제롬이 아마도 이삼일 내에 죽을 것 같다는 비보를 전한다.

아직 어린 티를 벗지 않은 천진한 눈동자가 점점 흐려져 가고 있다. 상처로 얼룩진 등지느러미 위에 쏟아지는 한낮의 햇살이 눈부시다. 꼬리지느러미는 연신 밀려드는 파도에 어쩔 줄을 모르고 흔들린다. 거대하고 검은 몸은 단단한 바위 같다. 축 늘어진 기다란 옆지느러미가 서서히 모래에 묻혀 간다. 이틀

남극해의 혹등고래들(맨위)과 남태평양 쿡 아일랜드의 혹등고래.
죽은 고래는 이들 중 하나였을까?

날 다시 고래를 찾았을 때, 녀석은 이미 숨을 거둔 뒤였다.

남극의 혹등고래는 남반구의 겨울을 남태평양의 쿡 아일랜드, 통가, 타히티 등 열대 지방에서 보내며 그곳에서 새끼를 낳는다. 그러다가 크릴새우가 풍부해지는 남극의 여름이 다가오면 먹이를 찾아 남극해까지 수천 킬로미터를 이동한다. 새끼를 낳고 기르는 동안에는 전혀 먹이활동을 하지 않는다고 알려져 있다.

머지않아 자이언트페트렐의 푸짐한 먹이가 될 이 녀석도 틀림없이 먼 거리를 여행해 왔을 것이다. 거친 남극해의 차가운 물살을 가르고 포식자(혹등고래의 천적은 범고래. 영어로는 Killer Whale이다)들의 눈을 피해 밤낮을 헤엄쳐 왔으리라. 그 기나긴 시간들은 아마도 지독한 외로움과 두려움과의 싸움이었을 것이다. 남극의 풍요로운 바다에서 여름을 나고 다시 뜨거운 열대로 돌아갈 거라는 꿈이 있기에 견딜 수 있었던, 혹독한 시련의 시간이었을지도 모르겠다.

식어 가는 녀석의 몸을 남극의 여름 햇살이 위로하듯 어루만진다.

펭귄의 영토

작은 창으로 비집고 들어온 환한 햇살이 찌뿌둥한 아침에 활력을 준다. 어제와는 확연히 다른 상쾌한 아침이다. 친스트랩을 만나러 갔다. 따끈따끈 자갈 해변에 여러 펭귄 종들이 융숭한 영접을 나와 있다. _ 2010. 12. 16

쿠퍼 베이Cooper Bay는 사우스조지아의 동남쪽 끝부분에 위치한 작은 만(灣)이다. 비록 위치는 섬의 끝이지만 이곳에는 재미있는 게 두 가지 있다. 하나는 사우스조지아에 살고 있는 네 종류의 펭귄을 한꺼번에 한 장소에서 만날 수 있다는 것이고, 다른 하나는 세상에서 가장 높은 곳에 산다는(제롬의 주장에 따르면) 고산족 젠투펭귄을 볼 수 있다는 것이다.

우선 사우스조지아에서 거의 유일한 친스트랩펭귄(턱끈펭귄) 서식지를 찾았다. 다른 곳에 조그마한 서식지가 하나 더 있지만 개체 수가 많지 않고 접근하

친스트랩펭귄

공생(共生), 펭귄들의 생존법

기도 어려운 탓에, 이곳에 있는 녀석들이 사우스조지아에서 볼 수 있는 유일한 친스트랩이다. 높은 산을 등지고 해안으로부터 2백여 미터 떨어진 곳에 수천 마리가 둥지를 틀고 있다. 해안과 서식지 사이엔 길게 자란 풀들 틈으로 꽤 넓은 길도 닦여 있다. 배산임수(背山臨水)! 알 낳고 새끼 키우기에는 최적의 장소인 듯하다. 펭귄들의 서식지를 볼 때마다 느끼는 거지만 풍수지리에 보통 뛰어난 녀석들이 아니다.

해안에 상륙하자마자 신기한 광경이 눈에 들어온다. 적당히 데워진 자갈 위에서 수많은 펭귄들이 한낮의 햇살을 만끽하고 있다. 그런데 친스트랩 무리 가운데 황금색 볏crest을 휘날리는 마카로니펭귄들이 섞여 있는 게 아닌가! 사

이좋은 친구들마냥 나란히 배를 깔고 엎드려 망중한을 즐기고 있다. 뿐만 아니라 이들의 어깨 너머에는 킹펭귄 한 무리가 멀뚱거리며 서 있다. 세 종류의 각기 다른 펭귄들이 한곳에서 휴식을 취하고 있는 것이다. 간단한 촬영을 시작하는데 잠시 후 난데없이 젠투펭귄 한 녀석이 물속에서 튀어나온다. 비로소 사우스조지아의 모든 펭귄 주민들이 다 모였다.

두 종류 정도의 펭귄이 함께 있는 것은 다른 장소에서도 간혹 볼 수 있는 광경이지만 이렇게 네 종류가 한꺼번에 모여 있는 걸 보기는 쉬운 일이 아니다. 더군다나 사우스조지아에서는 나름 귀한 몸이신 친스트랩펭귄 서식지 앞마당에서!

생김새와 크기는 달라도 싸우지도 않고 다들 서로 잘 어울린다. 한 종류만 북적거릴 때보다 훨씬 조화롭고 평화로운 모습이다. 서로 다른 국적을 가진 다양한 인종들이 모여 사는 인간세상과도 닮아 있다.

그러고 보니 우리 촬영 팀도 꽤나 다국적 팀이다. PD와 촬영감독인 나는 한국인, 통역 겸 조연출인 조너선의 국적은 미국, 프랑스 태생의 영국인 선장 제롬, 모로코 태생의 프랑스인 요리사 캐씨, 또 다른 프랑스 선원 줄리앙, 그리고 우릴 도와 주는 현지 전문가 아일랜드인 제니까지. 8명이 무려 5개의 국적을 가지고 있고 당연히 여권도 제각각이다. 그래도 싸우지 않고 잘 지낸다. 펭귄보다 못한 인간들은 아닌 셈이니 정말 다행이다.

제롬이 만(灣) 뒤쪽으로 둘러쳐진 산 정상 부근을 손가락으로 가리키며 세상에서 제일 높은 곳에 있는 젠투펭귄 서식지라고 말한다. 간혹 공기가 희박해서 산소마스크를 착용하고 있는 녀석도 봤다며 너스레를 늘어놓는다. 그렇다면 안 가 볼 수가 없지!

날씨가 그리 좋지 않음에도 배를 나섰다. 서식지가 있다는 산 윗부분은 벌써 눈이라도 내리는지 보였다 사라졌다를 반복하고 있다. 올라갈수록 진눈깨비는 더 심해지고 바람 또한 만만치 않다. 강풍에 실린 좁쌀만 한 얼음 알갱이들이 사정없이 얼굴을 후려친다.

250여 미터에 이르는 산꼭대기 약간 못 미친 곳에 2~3백 마리의 젠투펭귄들이 고생스럽게 둥지를 틀고 있었다. 올라가는 길도 상당히 가파른 데다 날씨도 험악한데 굳이 이 높은 곳에다 거처를 마련한 녀석들이 새삼 대단해 보인다.

근처에도 다른 젠투펭귄들 서식지가 몇 군데 있고, 새로운 보금자리로 전혀 손색없을 만한 야트막한 언덕들도 많아 보인다. 그런데도 녀석들은 높고 험한 이곳을 택했다. 펭귄 걸음으로는 쉬지 않고 걸어도 반나절 이상은 족히 걸릴 거리다. 내려다보이는 전망 하나는 끝내주지만 설마 그런 이유로 이곳에 모여 사는 건 아닐 테고, 아마도 사나운 포식자들을 피해 이 높은 곳까지 올라온 게 아닌가 싶다.

배로 돌아와 제롬에게 혹시나 하고 물어봤다.

"왜 저 높고 험한 곳에다 둥지를 만들었을까요?"

콧수염을 비비며 잠시 생각에 잠긴 척하던 제롬이 말한다.

"그거야 나도 모르지. 절대로 내가 시킨 건 아냐. 하하하—."

"……?"

"여긴 그들의 땅이야. 펭귄들, 물개들, 새들. 모두의 땅이지. 왜 저 높고 험

젠투펭귄

한 곳에다 둥지를 만들었느냐고? 저기 또한 펭귄들의 땅이거든!"

도대체 무슨 말인지! 평소의 제롬답지 않은 진지한 대답에 잠시 아연실색하고 있는 내게 그가 다시 한 번 손을 들어 산을 가리킨다. 제롬의 손끝에 걸린 펭귄들의 땅이 여전히 희미한 눈구름 속을 들락거리고 있다.

• FIN DEL MUNDO •

Seoul 19,079km

어제 온종일 강한 바람과 함께 하늘을 온통 뒤덮고 있던 구름이 말끔히 걷혔다. 살랑살랑 따듯한 봄바람이 저절로 휘파람을 불게 한다. 집에 돌아갈 날이 코앞에 다가왔다. _ 2011. 1. 6

구름 한 점 없는 맑은 날이다. 걸핏하면 바람이 몰아치고 두터운 구름이 하늘을 덮어 버리곤 하지만, 이곳도 계절이 여름의 한가운데를 달리고 있는지라 간혹 기막히게 좋은 날씨가 이어지기도 한다.

서둘러 아침을 먹고 자전거를 빌리러 갔다. 손바닥만 한 도시지만 있을 건 다 있다. 우리 촬영 팀을 도와주는 FIC란 회사의 창고 안에 자전거 몇 대가 있다는 걸 수소문 끝에 알아낸 것이다. 가 보니 짙은 분홍색의 화사한 자전거 대여섯 대가 먼지를 뒤집어쓴 채 처박혀 있었다. 겉보기엔 새것처럼 멀쩡한데 타이어에 공기가 빠져 있는 걸로 봐서 아마도 구입 후 몇 번 사용하지 않았고 오래도록 대여한 사람이 없었던 것 같다.

대여료를 물으니 자그마치 하루에 20파운드(약 3만 6천 원)를 내란다. 한국에서라면 웬만한 중고자전거를 한 대 살 수도 있는 돈이다. 그간 우리 촬영 팀과의 관계를 생각하면 공짜로 빌려 줄 법도 한데, 인정머리 없는 일처리에 얄미운 마음마저 든다. 어쨌든 타이어에 공기를 빵빵하게 채우고 눈부신 분홍색 안장 위에 올라 힘차게 페달을 밟아 본다.

시내에서 벗어나 스탠리 공항(마운트 플레전트 공항이 국제공항이라면 스탠리 공항은 국내선 전용쯤 되는 작은 공항이다) 쪽으로 방향을 잡았다. 얼마 전에 자동차를 타고 오다 보았던 '디스턴스 포스트distance post'로 가기 위해서다. 디스턴스 포스트는 긴 기둥이나 막대기를 땅에 수직으로 세우고 화살표 모양의 작은 팻말들을 잔뜩 붙여 놓은 것인데, 팻말 위에는 특정 지역(대개 세계 각지의 도시 이름)까지의 거리가 표시되어 있고 화살표가 방향을 나타낸다.

지구상에서 웬만큼 오지라고 할 만한 곳에는 어디든 디스턴스 포스트가 한두 개쯤 있기 마련이다. 황량한 들판에 홀로 서 있기도 하고, 도시 한가운데 우뚝 솟아 있기도 하다. 칠레의 푼타 아레나스에도 있고 언젠가 그린란드의 캥거루쏵Kangerlussaq에서도 본 기억이 있다. 오늘은 사진도 좀 찍고 싶었지만 무엇보다도 한국의 지명이 적힌 팻말이 있는지 확인하고 싶었다.

자전거로 채 10분도 걸리지 않는 곳에 솟대처럼 포스트 기둥이 서 있었다. 도로 옆 경사진 곳에 높이 20여 미터의 기둥이 있고, 150개는 족히 넘을 듯한 가지각색의 팻말들이 층층이 매달려 있다. 글씨의 크기도 색깔도 모양도 제각각이다. 주변의 미끈한 전신주에 비하면 온몸에 가시가 숭숭 돋아난 듯 요란한 모습이지만 한편으론 묘한 조화와 아름다움이 느껴지기도 한다. 또한 세상의 많은 곳들로부터 내가 너무나도 멀리 와 있음을 새삼 실감하게 해 준다.

빼곡한 팻말들을 밑에서부터 훑어 올라갔다. 상파울루 같은 익숙한 곳도 있지만 대부분 생소한 지명들이다. 역시 세상은 넓고 도시는 무수히 많다. 그렇게 기둥의 중간쯤을 넘어설 무렵, 너무나도 친근한 이름이 눈에 확 들어온다.

'SEOUL 19,079km'

붉은색 팻말 위의 검은 글씨! 대부분의 팻말들과는 달리 누군가가 직접 손으로 쓴 것이다. 순간 반가운 마음이 왈칵 일어났다. 서울과 부산을 스물서너 번 왕복해야 겨우 닿을 수 있는 이 머나먼 곳에선 '서울'이라는 글씨를 보는 것만으로도 충분히 감격스러울 수 있었다. 19,079km만큼의 그리움과 애틋함이 그곳에 함께 매달려 있는 듯했다.

잠시 후, 반대편의 팻말들 사이에서 또 하나의 반가운 이름을 찾을 수 있었다.

'PUSAN 18,676km'

문득 고등학교 지리 시간에 배운 '대척점(對蹠點, the Antipod)'이 생각났다. 어느 한 지점에서 지구의 중심 방향으로 땅을 파고 들어가 다시 반대편으로 나오는

지점을 이르는 말이다. 서울의 대척점은 우루과이의 수도인 몬테비데오 Montevideo라고 알고 있는데, 포클랜드는 그곳에서도 한참이나 떨어져 있으니 심리적 거리도 물리적 거리만큼이나 먼 곳이다. 하지만 이 외딴 곳에서 반가운 이름들을 마주하고 나니 최소한 심리적 거리는 한결 가까워진 것 같다.

분홍색 자전거가 아니었다면 이곳까지 오지 않았을 것이고 당연히 팻말도 보지 못했을 것이다. 하루 대여료 20파운드를 내며 비싸다고 투덜거렸지만 덕분에 잠시나마 2천 파운드만큼의 흐뭇함과 뿌듯함을 느낄 수 있었으니, 자전거가 제 몫은 톡톡히 해 준 셈이다.

SEOUL
BEIJING
12.961 KM.
CHINA
CAIRO 11050 Km
АННА, ЛЮБОВЬ МОЯ И ЖИЗНЬ МОЯ
M. 11702.
MOSCOW
11.950 Km
SCHOENSTATT
Valdovino - Galicia
12.263 Klm
HUALQUI

• FIN DEL MUNDO •

남극의 야외 온천, 디셉션 섬

아침에 일어나니 이미 사우스셰틀랜드 제도의 리빙스턴 섬과 그리니치 섬 사이의 해협을 지나고 있었다. 안개 자욱한 바다 위 간간이 떠가는 유빙 너머로 두터운 빙벽들이 병풍처럼 늘어서 있다. 다시 남극에 왔나 보다. 곧바로 디셉션 섬까지 와서 정박했다. 우리 배의 천 배쯤 되는 거대 유람선이 우릴 기다리고 있다. _ 2011. 2. 10

남극해 한가운데 뜨거운 물이 솟아나는 온천이 있다면 믿을 수 있을까? 거짓말처럼 들리겠지만 사실이다. 디셉션 섬Deception Island에 가면 하얀 김이 모락모락 피어오르는 야외 천연 온천이 있다. 남극대륙은 물론이고 주변의 모든 섬들이 수십, 수백 미터 두께의 빙하로 덮여 있지만 디셉션 섬에서는 그리 두꺼운 빙하를 찾기 힘들다. 일부 지역에서는 그 흔한 눈조차도 볼 수 없고, 검은 모래투성이의 맨살을 그대로 드러내고 있다.

남위 62.5도에서 63도 사이, 서경 60.4도, 사우스셰틀랜드 제도 끝자락에 위치한 디셉션 섬은 둥근 원형의 화산섬이다. 지난 1992년에도 폭발이 있었던, 아직 살아 활동하는 화산이다.

둥근 섬 가운데는 호수처럼 바닷물이 들어차 있고, 한쪽 귀퉁이에 230여 미터 정도 뚫린 부분이 있어 이곳을 통해 바닷물이 들락거린다. 지도를 보면 마치 끊어진 반지처럼 보인다. 제주도 한라산이 맨 윗부분만 남고 아래는 모두 물속에 잠겨 있다고 생각하면 아마 비슷할 것 같다. 섬 전체가 하나의 거대한 분화구(칼데라)인 셈이다.

'디셉션Deception'이란 이름이 붙은 데에는 재미있는 이유가 있다. 옛날 이 독특한 섬이 발견되기 전에 근처를 항해하던 많은 배들이 이따금 신기한 광경을 목격했다고 한다. 날씨가 그리 나쁘지 않은 날에도 바다 한가운데에 안개가 자욱하게 끼는가 하면, 어떤 선원들은 근처에서 섬을 보았다고도 주장했다. 어딘가에 분명 섬이 있다는 주장과 안개 때문에 헛것을 보았다는 주장이 팽팽히 맞서게 된다.

훗날 그곳에선 늘 안개가 자욱한 자그마한 섬이 발견되었다. 화산이 내뿜는 열기가 차가운 대기 속에서 엄청난 수증기를 만들어 항상 섬 주변이 안개로 자욱했던 것이다. 그래서 어떤 날은 선원들의 눈에 섬이 보이고 어떤 날은 수증기에 가려 아무것도 볼 수 없었던 것이다. '속이다, 현혹시키다'라는 뜻의 영어동사 'deceive'의 명사형인 'deception'이 섬의 이름이 된 건 바로 그런 이유에서다.

남극에 여름이 오면 전 세계에서 수많은 관광객들이 몰려든다. 10인승 이하

의 작은 요트에서부터 수천 명의 관광객을 실은 거대한 크루즈 유람선에 이르기까지, 다양한 배들과 사람들이 펭귄과 빙하를 보러 온다. 그들이 절대 빼놓지 않고 반드시 찾는 곳이 바로 이곳, 디셉션 섬이다. 빙하와 차가운 대기로 가득한 이 얼어붙은 세상 끝의 야외 천연 온천은 분명 진기한 구경거리가 아닐 수 없다.

사람들은 추위에도 불구하고 기꺼이 옷을 훌훌 벗고 김이 모락모락 피어나는 온천수에 몸을 담근다. 너무 추운 날씨 탓에 감기 바이러스조차 살 수 없는 이 차가운 곳에서 즐기는 야외 온천욕! 생각만으로도 몸이 노곤해지고 피로가 싹 가시는 듯하다. 긴 여행을 견딘 사람들만이 누릴 수 있는 특별한 사치라고나 할까.

• FIN DEL MUNDO •

빙하 칵테일

제롬이 유빙 덩어리를 건져 와 칼로 두드리고 법석을 피운다. 벌써 은근히 입안에 침이 고인다. 빙하 한 조각에 레몬 한 조각! 남극해에서 즐기는 '까이삐링야(브라질 럼 까샤사에 설탕, 레몬 등을 섞어 만든 칵테일)'는 언제 마셔도 맛이 기가 막히다. _ 2011. 2. 15

'빙하(氷河, glaciar)'는 한자풀이 그대로 얼음이 흐르는 하천이다. 단단한 얼음이 물처럼 흘러내린다는 것이 언뜻 이해가 가지 않을 수도 있지만 분명 빙하는 끊임없이 움직이고 있다. 그래서 어떤 이는 빙하를 살아 있는 생물체에 비유하기도 한다.

빙하는 육지의 물이 얼어서 만들어진 얼음이 아니다. 오랜 세월에 걸쳐 내린 눈들이 녹지 않고 단단하게 뭉쳐져 얼음으로 변한 것이다. 수백 수천만 년 전부터 눈이 내리고, 녹지 않은 눈 위에 또다시 눈이 쌓이고, 또 쌓이고, 쌓이

고…… 그렇게 점점 자라나 마침내 거대한 얼음 덩어리가 된 것이다. 얼음은 자랄수록 스스로의 무게를 감당하지 못해 낮은 지역으로 낮은 지역으로 움직이기 시작한다. 그 미세한 움직임은 비록 눈에 보이지는 않지만 끊임없이 계속된다.

빙하는 남극과 북극에만 있는 게 아니다. 에베레스트, 알프스, 그밖에도 만년설이 있는 곳이라면 어디든 존재할 수 있다. 높은 곳에서 시작된 빙하의 장대한 행렬은 가장 낮은 곳에서 발을 멈추고 마침내 바다로 떨어져 나간다(남극이나 북극의 빙하들은 대부분 바다를 향해 흐르지만 산악빙하들은 산 아래 계곡을 향해 흐른다).

거대한 몸통으로부터 분리된 빙하의 파편들은 유빙(流氷, iceberg)으로 새로운 변신을 한다. 갓 태어난 아기의 주먹만 한 것에서부터 사방의 길이가 100km가 넘는 거대 유빙까지 크기도 다양하고, 생김새와 오묘한 빛깔도 제각각이다. 눈이 부셔 바라보지도 못할 만큼 새하얀 놈이 있는가 하면 신비한 푸른 옥빛을 띤 고운 놈도 있다. 상자를 엎어 놓은 것 같은 무덤덤한 놈도 있지만 인간의 솜씨로는 턱도 없을 법한 아름다운 자태를 지닌 놈도 있다.

유빙은 차가운 바다를 정처 없이 떠돌며 펭귄이나 물개들의 집도 되고 놀이터도 되고 일광욕장도 된다. 그렇게 한참을 떠돌다 마침내 녹아서 바다 속으로 흩어진다. 그리고 언젠가는 눈이 되어 또다시 빙하로 돌아갈 것이다.

빙하의 속을 자세히 들여다보면 수없이 많은 공기방울들이 보인다. 눈이 쌓이면서 그 사이에 존재하던 공기들이 출구를 찾지 못하고 갇혀 버린 채 얼음으로 변한 까닭이다. 그래서 7만 년 전에 내린 눈이 만든 빙하에는 7만 년 전의 공기가 들어 있다. 8천 년 전에 지구 어딘가에서 화산폭발이 있었다면 그

화산재를 머금은 눈이 만든 빙하에는 8천 년 전의 공기와 화산재가 들어 있다. 빙하는 과거 지구의 대기를 고스란히 간직한 타임캡슐인 것이다. 빙하를 통해 지구의 기후를 연구하는 고기후(古氣候, Paleoclimate) 학자들은 빙하를 시추하여 그 속에 들어 있는 과거의 공기를 분석하고 미래기후를 예측한다.

빙하 관광은 사람들에게 또 하나의 놀라운 경험과 볼거리를 제공한다. 끝없이 펼쳐진 남극의 거대한 빙벽들과 바다를 배회하는 크고 작은 유빙들. 그 사이를 뛰노는 펭귄들과 물개들과 고래들. 간혹 우레와 같은 굉음을 내며 바다로 쏟아져 내리는 경이로운 빙하의 모습은 사람들의 열렬한 환호성을 자아낸다.

그래서 극지방의 여름이 오면 수많은 관광객들이 비싼 경비를 기꺼이 지불해 가며 까마득한 과거와 현재가 공존하는 이 땅을 찾는다. 어떤 이는 빙하 관광이야말로 이 세상에서 경험할 수 있는 마지막이자 최고의 관광이라고 극찬하기도 한다.

빙하 주위에 머물면서 빼놓을 수 없는 것 중의 하나가 '빙하 칵테일' 맛보기다. 향기로운 칵테일에 빙하 한 조각을 띄우고 천천히 녹여 가며 맛을 음미한다. 얼음이 녹으면서 그 안에 오랜 세월 동안 갇혀 있던 공기방울들이 다시 세상 밖으로 나온다. 무거운 얼음에 잔뜩 짓눌려 있던 작은 공기방울들이 '톡 톡', '쨍 쨍', '딱 딱' 하며 영겁의 시간을 건너뛰어 다시 생명을 얻는다. 어떤 때는 바싹 마른 나뭇가지가 단번에 부러지는 소리를 내기도 하고, 어떤 때는 꽁꽁 얼었던 얼음에 쨍하고 금이 가는 소리가 나기도 한다. 칵테일을 마시면 덩달아 수천 수만 년 전의 공기도 함께 마시게 되는 것이다.

촬영을 위해 남극과 북극에 머무는 동안 나도 가끔 빙하 칵테일을 만들어 마셨다. 언제 마셔도 맛있고 시원하고, 상쾌한 기분까지 덤으로 준다. 이따금 공기방울 터지는 소리를 들으려고 컵에다 귀를 들이대기도 한다. 태고의 신비를 간직한 공기를 폐부 깊숙이 호흡하는 이 잠깐의 칵테일 파티는 고된 촬영으로 지친 심신을 달래 주는 소박한, 그러나 더없이 행복했던 '세상 끝에서의 호사(豪奢)'로 영원히 기억에 남을 것이다.

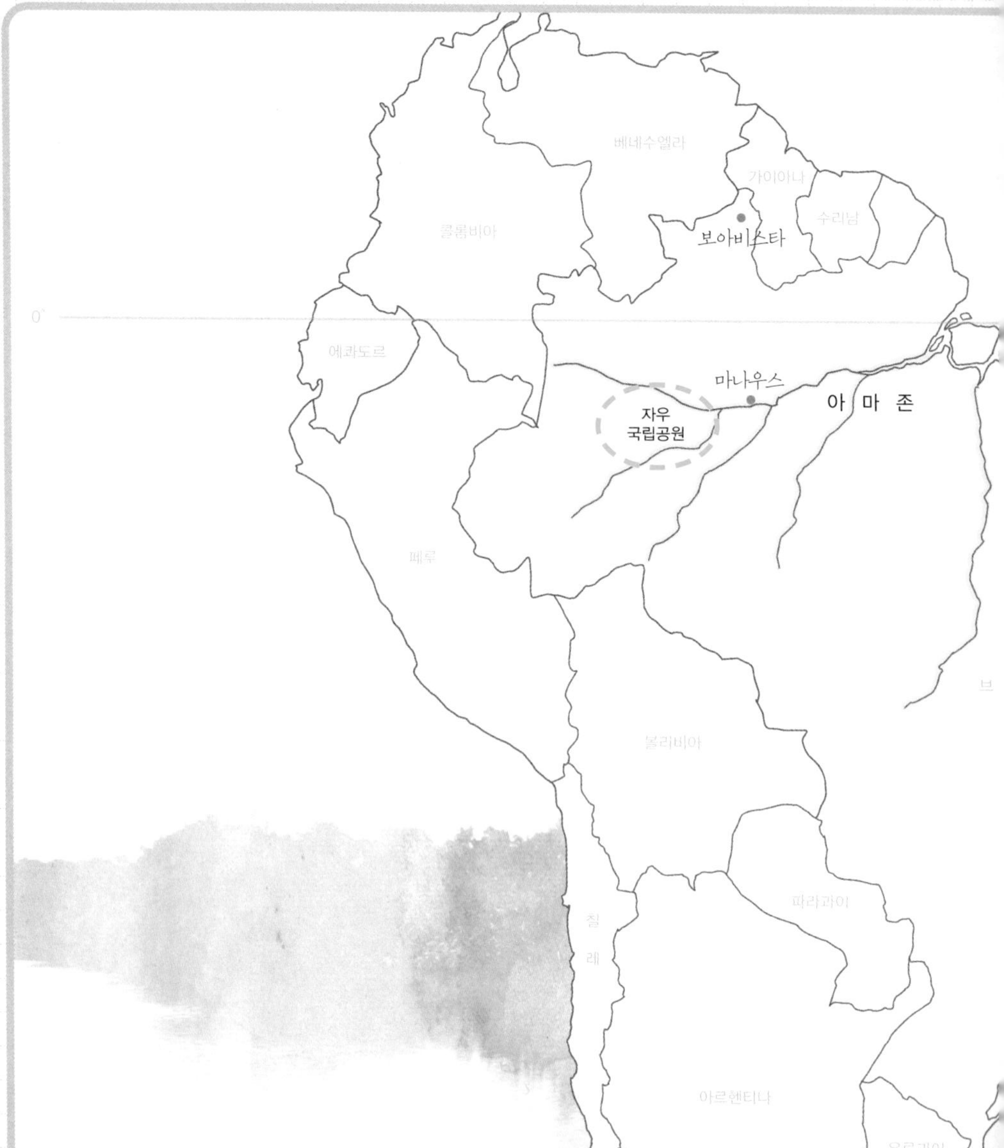
베네수엘라
가이아나
수리남
콜롬비아
보아비스타
0°
에콰도르
마나우스
자우
국립공원
아 마 존
페루
브
볼리비아
칠
레
파라과이
아르헨티나
우루과이

문명의 바깥 아마존

FIN DEL MUNDO

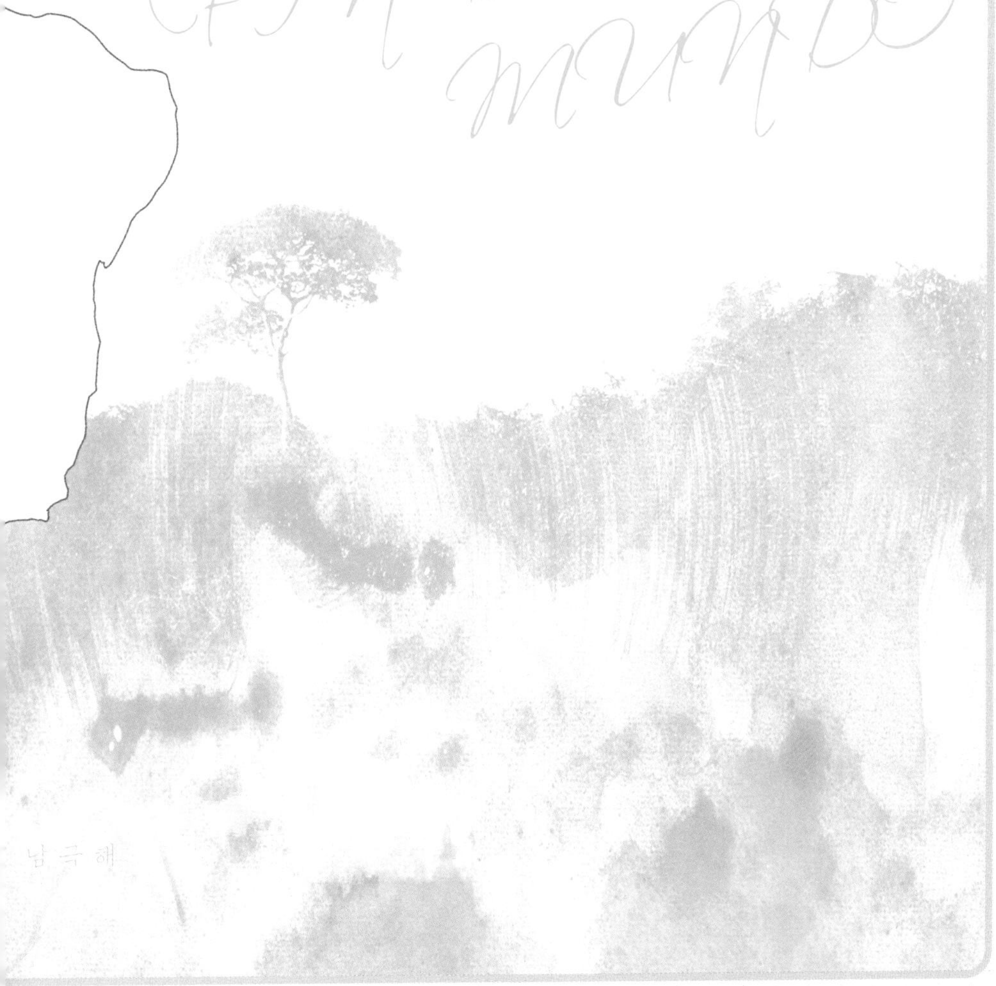

꿈결처럼 다가온 **분홍 돌고래**

녀석들과의 한바탕 수중 유희는 경이로움 그 자체였다. 황홀했다. _ 2009. 6. 27

한바탕의 장대비가 쏟아지고 난 직후, 지상의 수분을 한 방울도 남기지 않고 다시 증발시키려는 듯 태양이 이글거린다. 40도를 훌쩍 넘긴 습한 대기가 숨을 턱턱 막히게 한다. 우기가 끝났음에도 어김없이 매일 한 차례씩 비가 내린다. 마른 스펀지를 공중에 휘휘 내젓다가 쥐어짜면 금방 미지근한 물이 주르르 흘러내릴 것만 같다.

540mm 망원렌즈를 장착한 내 카메라가 우산 아래서 숨을 헐떡이고 있다. 간신히 직사광선만은 피하고 있지만, 손을 델 만큼 뜨거운 몸체가 마치 잘 달궈진 연통 같다.

벌써 몇 시간째 그 옆을 지키고 있다. 시간은 저녁을 향해 가지만 더위는 누그러질 기미가 없고, 눈에 보이지도 않는 작은 벌레들이 어느 틈엔가 종아리 아래를 수십 군데나 붉게 물들여 놓았다. 바지 아랫단을 묶어 보지만 별로 소용이 없다. 주위엔 내 몸 들일 만한 나무그늘 하나 보이질 않는다. 기다리는 '보뚜Boto'는 여전히 숨바꼭질 놀이 중이다.

어제 오전에 이곳 발비나Balvina 호수로 옮겨와 곧바로 촬영을 시작했지만 쓸 만한 그림을 아직 한 컷도 건지지 못했다. 드넓은 호수에서 언제, 어디서 녀석이 고개를 내밀지 짐작조차 할 수가 없다.

이따금 숨을 쉬러 물 밖으로 나오는 녀석을 망원렌즈의 좁은 시야 안에 묶어 두기가 좀처럼 쉽지 않다. 게다가 숨 한 번 쉬고 들어가는 데 3~4초밖에 걸리지 않는다. 발견하고 후다닥 카메라를 돌리면 어느새 '나 잡아 봐라!' 하며 사라진다. 넘치는 의욕으로 호수 이곳저곳을 샅샅이 훑어 대다가 이내 지쳐 버렸고, 결국 한 지점에 렌즈를 고정시켜 놓고 기다리고 있는 중이다.

보뚜는 아마존 강에 사는 강돌고래다. 물속에서 신비하고 아름다운 분홍빛을 띠고 있다. 오래전 남미대륙 한가운데에는 태평양과 대서양을 이어 주는 강이 있어서 이 물길을 따라 돌고래들이 두 대양(大洋)을 오갔다고 한다. 그러다가 태평양에 면한 육지가 어느 날 융기하면서 안데스 산맥이 형성되었고, 당연히 태평양 쪽의 통로가 막혀 버렸다. 바다로 나아가지 못한 채 갇혀 버린 돌고래들은 서서히 바다가 아닌 강에 적응했고, 오늘날 아마존 강의 상징과도 같은 보뚜가 되었다.

보뚜는 신비한 전설과 수많은 이야기들을 간직한 존재다. 아마존 어딜 가나 엄청난 수의 보뚜가 살고 있지만 어느 누구도 함부로 잡거나 죽이지 않는다.

보호 차원을 넘어 아예 녀석들을 신성시하는 민간 신앙까지 있을 정도다.

예전엔 처녀가 보뚜를 보면 아기를 갖는다고도 했고, 보뚜가 잘생긴 청년으로 변신해 마을의 아름다운 처녀를 유혹하여 물속 '엥깡찌(Encante, 전설 속에 나오는 수중 낙원)'로 데려간다고도 했다. 아마존에는 이렇듯 보뚜와 관련된 아름다운 사랑 이야기들이 전설처럼 전해 내려온다. 보뚜의 고운 분홍빛 자태와 어느 틈엔가 옆에 와 머물다 순식간에 사라져 버리는 행동이 신비로움을 한층 더해 주는 듯하다.

간신히 녀석의 물 밖 모습을 촬영하고 수중촬영 준비를 했다. 보뚜를 만날 기대에 잔뜩 부풀어 있는 내게 마누엘이 다가오더니 몇 마디 말로 김을 빼 놓는다. 그는 아마존에서 내 수중촬영을 도와주던 현지 다이버다.

"낑(포르투갈어로 Kim을 그렇게 발음하는 모양이다)! 지난번에 일본에서 온 촬영 팀은 한 달도 넘게 있었지만 보뚜를 촬영한 날은 겨우 이틀이었어. 아마 쉽지 않을 거야."

이건 또 뭔 말이야! 가뜩이나 날도 더운데! 도대체 날 도와주러 온 사람 맞아? 그러면서도 내심 걱정이 된다.

"마누엘, 걱정 마. 아마 녀석들이 날 좋아할 거야. 내가 예뻐 보여서 엥깡찌로 데려가려 할지도 모른다고."

하지만 물속에서 2시간이 넘도록 보뚜 그림자도 구경 못 하고 다시 나왔다. 2차 촬영을 준비하고 있는데 마누엘이 한 가지 제안을 한다.

"낑, 이번에는 잠수복을 벗고 수영복만 입고 들어가 보면 어떨까?"

"아니 왜? 그러다 피라니아Piranhia(아마존 강에 서식하는 육식성 물고기)들이 달려들어

물어뜯기라도 하면 어쩌라고."

"보뚜가 사람 피부색을 좋아하거든."

다행히 피라니아가 없는 지역임을 재차 확인하고, 수영복에 오리발과 수경만 착용한 채 물로 들어갔다.

물속에서 30여 분 정도 머물렀을까? 갑자기 발아래로 서늘한 기운이 느껴진다. 깜짝 놀라 발밑을 살폈지만 아무것도 보이지 않는다. 이번에는 등 뒤로 뭔가 지나가는 느낌이다. 재빨리 뒤를 돌아보지만 역시 아무것도 없다. 분명 녀석들이 내 주위를 맴돌고 있다는 생각이 강하게 들었다.

그리고 얼마 후, 이제는 느낌이 아니라 아예 뭔가가 내 발을 잡아 아래로 끌어당긴다. 오리발을 내려다보니 어느 틈에 다가왔는지 보뚜가 긴 주둥이로 내 오리발을 물고 있는 것이 아닌가!

깜짝 놀라 나도 모르게 오리발을 휘젓고 말았다. 갑작스런 내 행동에 놀란 보뚜가 순식간에 눈앞에서 사라졌다. 마치 짧은 환영(幻影)을 보는 듯했다.

섣부른 행동을 후회하고 있는데 한참이 지나서야 다시 보뚜가 나타났다. 그렇게 어느 틈엔가 눈앞에 나타났다가 순식간에 아침 안개처럼 사라져 버리기를 되풀이한다. 신비로운 분홍빛 자태를 조금이라도 더 볼라치면 이미 저만치 앞에서 연기처럼 사라지고 있다. 녀석이 사라진 곳은 마치 또 다른 세상으로 통하는 블랙홀처럼 아득하기만 했다.

며칠이 더 지나자 제법 보뚜와 가까워졌다. 보뚜들은 내 '얼럿alert(물속에서 신호를 위해 소리를 낼 수 있는 잠수 장비)'을 좋아했다. 딸랑딸랑! 경쾌한 금속성 소리가 물속에 울려퍼지면 보뚜들이 날 보러 왔다. 여러 마리가 동시에 몰려와 놀다 가기도 했다. 발비나에서의 마지막 촬영을 위해 잠수했을 땐 내 주위를 빙글빙글 돌며 한참 동안을 머물다 돌아가기도 했다.

촬영을 마치고 영상을 모두에게 보여 줬다. 다들 보뚜의 신비로운 모습에 감탄을 연발한다. 보뚜 한 마리가 내 주위를 빙빙 돌며 카메라를 향해 주둥이를 딱딱 부딪치는 영상을 보더니 현지 가이드인 둘씨가 웃으며 한마디 한다.

"보뚜가 너와 작별키스라도 하고 싶은 것처럼 보이는데? 마지막 촬영이란 걸 어떻게 알았을까? 하하하."

"글쎄! 사람으로 변신해 우리가 하는 말을 다 듣고 간 건 아닐까?"

보뚜는 내 아마존 촬영의 첫 주인공이었다. 비록 짧은 만남이었지만 내게는 너무나도 강렬한 인상을 남겨 준 분홍 돌고래! 환상처럼 나타나 꿈결처럼 사라져 버린 보뚜의 황홀한 모습을 아마도 영원히 잊지 못할 것 같다.

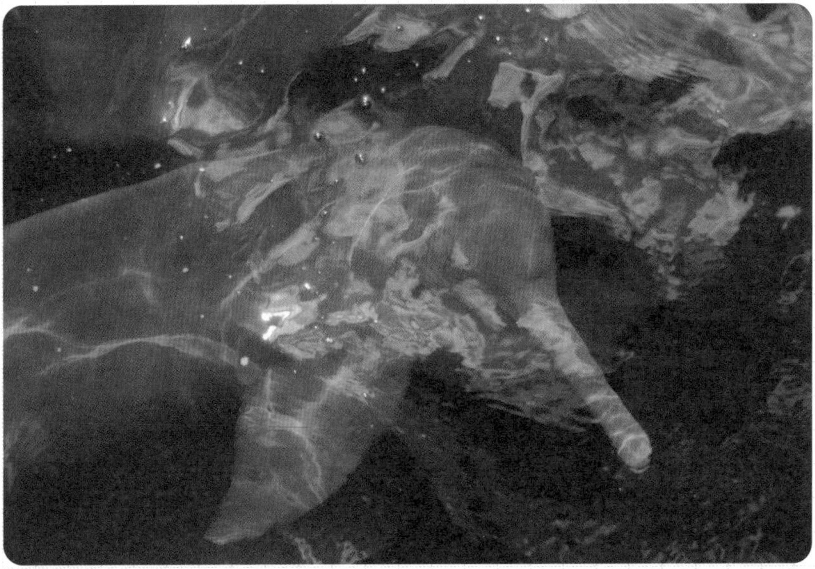

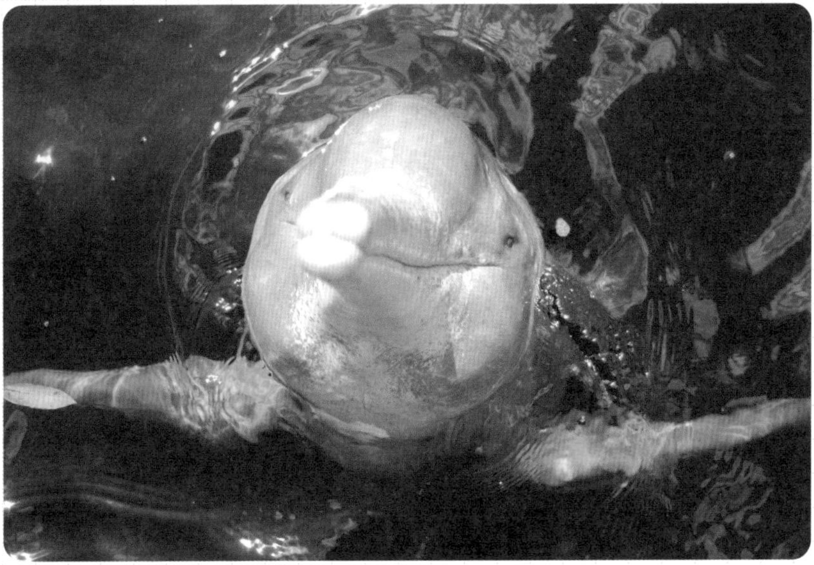

나무늘보, 그들만의 시공(時空)

오늘도 슬로스는 별 짓을 안 한다. 기껏 나무 위에서 잎사귀 반쪽을 먹더니 중간에 자리를 잡고 아예 꼼짝을 않는다. 나무에 기어오르는 모습을 찍으려 근처 나무 위로 올라갔다가 순식간에 내 몸을 점령해 버린 수백 마리의 개미 떼에 그만 기겁을 하고 내려왔다. 땅에서 움직이는 모습을 기다리다 내 인내심의 한계를 느꼈다. 정말 덥다.

_ 2009. 7. 7

강기슭으로 오르려고 안간힘을 쓰는 녀석을 흐르는 물살이 쉽게 놓아주질 않는다. 야윈 등에 껌딱지처럼 붙어 있는 어린 새끼가 연신 물속을 들락거린다. 간신히 물살이 약한 곳으로 밀려난 녀석이 그제야 제법 수영 비슷한 몸짓을 한다. 이곳까지 오는 동안 나름대로 '수영'이란 걸 했겠지만 우리의 눈엔 그저 떠내려오다가 물살에 밀려나는 것처럼 보였다.

강물과 땅이 만나는 곳에 두텁게 낙엽이 쌓여 있다. 조밀한 나무숲을 용케 뚫고 들어온 햇살이 그 위에서 부서진다. 물이 맑아서 물속에 잠겨 있는 나뭇잎들 위에도 한낮의 뜨거운 태양이 머물고 있다. 녀석이 첨벙거리며 지나가자 이내 갈색의 나뭇잎들은 사라지고, 대신 일렁이는 물결 위로 하얀 햇살이 흩어진다.

슬로스Sloth는 나무늘보다. 언젠가 〈동물의 왕국〉 프로에서 아프리카 나무늘보를 본 적이 있다. 지금 헤엄치고 있는 슬로스의 생김새가 그 녀석과 거의 똑같은데, 아마존에도 나무늘보가 살고 있다는 것은 이번에 처음 알았다.

슬로스가 나무 위로 올라가는 것을 지켜보는 데는 약간의 인내심이 필요하다. 허공에 긴 팔을 휘저으며 연신 고개를 두리번거린다. 누렇고 긴 발톱을 용케 가지에 고정시키고 무거운 뒷다리를 힘겹게 밀어 조금씩 땅으로부터 멀어진다. 그러다 문득 중력을 온몸으로 느끼기라도 한 듯 무작정 멈춰 버린다. 그러고는 한참 동안을 눈만 껌벅이고 있다. 녀석의 눈을 카메라로 들여다보니 참으로 맑고 선한 눈동자를 가졌다는 생각이 든다.

정글 한가운데는 무덥기도 하거니와 습식 사우나처럼 후텁지근하다. 끈적이는 목덜미로 날벌레들이 끝도 없이 들러붙는다. 결국 누군가의 입에서 볼멘소리가 터져 나온다.

"뭐야! 왜 올라가다 마는 거야? 도대체 뭐 하고 있는 거야?"

몸이 나무인 듯 나무가 몸인 듯 도무지 꼼짝을 않고 있다. 털 색깔도 나무와 비슷해서 잠시 한눈을 팔다 보면 어디쯤 붙어 있는지 잃어버리기 십상이다. 이젠 아예 고개도 돌리지 않고 얼음인 양 붙박혀 있다. 달려가 "땡!" 하고 외

치며 등짝이라도 후려쳐야 움직일 모양이다.

촬영거리가 없어진 내 카메라는 동작을 멈춘다. 뷰파인더에 눈을 박고 있던 팀원들도 다들 카메라에서 눈을 뗀다.

하지만 느리다고 어찌 슬로스를 탓할 수 있겠는가! 온갖 벌레들과 숨 막히는 정글로부터 빨리 벗어나기를 바라는 우리들만 조급할 뿐, 녀석이 나무에 급히 올라가야 하는 이유는 어디에도 없는 것이다. 아쉬운 건 우리들이니 우리가 기다릴 수밖에!

주로 나무 위에서 생활하는 슬로스는 일주일에 한 번 정도 배설을 위해 땅에 내려온다. 나무 위에서 해결해도 될 것을 굳이 지상으로 내려와서 볼일을 본단다. 아마도 나무 위에 흔적을 남기지 않음으로써 맹수들로부터 자신을 지키기 위한 생존전략이 아닌가 싶다. 머무는 곳도 나무 맨 꼭대기가 아닌 그 바로 아래쪽이다. 사나운 독수리의 공격을 피할 수 있기 때문이다.

처음 슬로스를 봤을 때는 어떻게 저런 생명체가 아직까지 멸종하지 않고 야생에 살아남을 수 있었는지 그저 신기할 따름이었다. 하지만 혹독한 현실로부터 나름대로 체득한 생존의 본능이 녀석들을 지켜 주고 있는 것이다.

한참을 머물던 슬로스가 다시 움직이기 시작한다. 속도는 여전하지만 이번에는 쉽게 멈추지 않는다. 하늘로 난 곧은 나뭇길을 따라 점점 높이 오르더니 이윽고 어지럽게 갈라진 가지들 사이로 접어든다. 역광으로 빛나는 햇살이 녀석의 몸을 까맣게 보이게 한다. 뒤엉킨 가지들과 푸른 잎사귀들 속을 유유히 누비다가 불현듯 사라지고 만다. 거짓말처럼, 말 그대로 순식간에 사라져 버렸다.

여유롭게 녀석을 좇던 내 카메라가 피사체를 잃어버리고 잠시 당황한다. 녀석은 어느새 자신만의 시간과 공간 속으로 돌아가 버린 것이다. 그때 누군가가 한마디 한다. 아까 투덜거렸던 바로 그 목소리다.

"뭐야! 또 어디 간 거야? 땅에서는 느려 터진 놈이 나무 위에서는 엄청 빠르네!"

• FIN DEL MUNDO •

인디오의 꿈

아마존을 가꾸고 이곳에서 먹을 것과 입을 것을 얻는 이들은 참으로 소박하다. 이들의 생활은 자연을 그대로 닮아 있다. 한낮의 태양 아래 식구들이 거처할 집을 짓고 먹을 양식을 얻기 위해 날마다 조금씩 땅을 일구어 간다. 이들의 얼굴은 항상 평화로 가득하다. 맨발로 정글을 누비고 콩과 국수 몇 가닥으로 주린 배를 채우면서도 아이들의 그을린 얼굴에는 해맑은 웃음이 피어난다. _ 2009. 8. 4

자우 국립공원Jau National Park은 남미 최대의 삼림보존구역. 넓이가 무려 2만 3천 km^2에 이른다. 여기에 들어가려면 사전에 브라질 정부의 허가를 받아야 한다.

안테노어Antenor 아저씨는 그곳에서 우리 촬영팀을 도와준 현지인이다. 그의 조상은 백인과 인디오의 혼혈인 '카보클로caboclo'다. 튀어나온 광대뼈는 인디

오를 닮았고 전체적인 외모는 순박한 브라질 시골 농부를 닮았다.

아마존 강가 조그만 판잣집에서 여섯 아이와 아내와 함께 살고 있는 그는 밀림에서만큼은 천하무적! 따라올 자가 없다. 한창 젊었을 땐 아마존의 무시무시한 맹수 재규어와 맨손으로 맞서 싸우기도 했단다.

물론 그 사실을 확인할 방법은 없었다. 하지만 헝겊쪼가리 하나 두르지 않은 맨발로 정글을 바람처럼 달려가거나, 겨우 어린아이 팔뚝만 한 칼 한 자루로 온갖 것들을 척척 만들거나, 빽빽한 밀림에 쉽사리 길을 내는 것을 볼 때면 그게 결코 빈말이 아님을 충분히 짐작할 수 있다.

어쨌든 우리는 안테노어의 도움 없이는 거의 아무것도 할 수 없었다. 자이

언트 오터Giant otter(아마존에 서식하는 수달)를 찾아나선 좁은 카누 위에서 그는 나침반 하나 없이도 귀신같이 길을 찾았고, 어지러운 나뭇가지들로 뱃길이라도 막힐라치면 이내 전광석화처럼 칼을 휘둘러 우리의 시야를 시원하게 만들어 주었다.

어렵사리 찾아낸 자이언트 오터의 서식지는 거의 난공불락의 요새에 가까운지라 카메라를 설치하기가 여간 곤란한 것이 아니었다. 내가 할 수 있었던 건 그저 하염없이 애처로운 눈길로 도움을 청하는 것뿐. 그러자 그는 금세 뚝딱뚝딱 휙휙 땅을 파고 나무뿌리를 자르고 땅을 다지고 하더니 거의 절벽이나 다름없는 곳에 떡하니 번듯한 카메라 자리를 만들어 준다. 그것도 자그마한 칼 한 자루로!

안테노어가 말간 하늘을 올려다보며 처음 '슈바chuva(비를 뜻하는 포르투갈어)'를 외쳤을 때 우린 아무도 그의 말을 믿지 않았다. 빼곡한 열대우림 사이로 더없이 맑고 파란 하늘이 아름답게 펼쳐져 있었으니까. 그래서 비싼 촬영장비를 방수 커버로 덮을 생각도, 가져온 배낭이나 꺼내 놓은 짐들을 치울 생각도 전혀 하지 않았다. 하지만 오래지 않아 마치 거짓말처럼 한 떼의 먹구름이 천둥소리와 함께 몰려오더니, 맞으면 기절할 만큼 굵은 빗줄기를 한바탕 쏟아부었다.

그날 이후 그의 외침은 우리들에게 마치 하늘의 계시와도 같았다. 그가 "슈바!"라고 외치고 나면 늦어도 30분 이내에는 어김없이 비가 쏟아졌다. 심지어는 내리는 비의 양까지도 거의 정확하게 맞히는 놀라운 예보능력을 보여 주기도 했다.

정글에서 야영을 하며 재규어를 기다릴 때는 어디서 잡아 왔는지 어린아이 키만 한 카이만caiman(아마존에 서식하는 악어)을 한 마리 매달아 놓는다. 재규어가 다니는 길목에 이미 피도 좀 뿌려 놓았단다.

정글의 밤은 그야말로 칠흑 같은 어둠이 지배한다. 울창한 밀림이 흐릿한 달빛마저 비집고 들어올 틈 없이 막아 버려서 코앞의 손바닥조차 알아보기 힘들 지경이다. 그 와중에 안테노어는 눈뜬장님이나 마찬가지인 내게 눈이 되어 주고 손이 되어 주었다. 재규어의 위치도 수시로 알려 주었으니 눈에 더해서 귀까지 되어 준 셈이다.

그러더니 재규어가 근처를 어슬렁거리다 멀리 가 버렸다며 오늘은 기다려

도 녀석을 볼 수 없을 거란다. 촬영을 접어야 할 타이밍까지 친절히 알려 주다니, 이만하면 밀림의 왕자 타잔 저리 가라다.

또 다른 정글에서 역시 재규어를 기다릴 때는 거미, 모기, 삐움(파리도 아닌 것이, 그렇다고 모기도 아닌 것이 일단 한번 물리면 긁지 않고는 배길 수가 없을 정도로 강렬한 가려움을 선사하는 작은 벌레), 바퀴벌레 등 온갖 것들이 우글거리는 정글 바닥에서 덥다며 윗옷을 벗고 태연히 드러눕는다. 천하무적을 넘어선 그의 전지전능함에 경외심마저 느낄 정도다.

이렇게 놀라운 안테노어에게도 소박한 꿈이 하나 있다. 그것은 자신의 힘으로 경작할 조그마한 땅을 갖는 것이다. 그래서 그는 우리와의 일이 끝나면 다시 정글로 돌아가 농사지을 땅 만드는 일을 계속할 거란다.

자우Jau에서의 촬영을 마치고 2주 후 노보 아이라웅Novo Airaõ에 있는 그의 집을 찾았다. 여전히 건강하고 믿음직스런 모습으로 우릴 반갑게 맞는다. 인사를 마치자마자 보여 줄 것이 있다며 우리를 정글로 이끈다. 그가 지난번에 이야기했던, 자신의 힘으로 농사지을 땅을 만들고 있는 곳이었다. 이미 꽤 넓은 면적이 정글에서 농토로 바뀌어 있었고 군데군데 파인애플과 만주오카(고구마처럼 생긴 나무뿌리의 일종으로 가지만 꺾어 땅에 꽂으면 어디서나 쉽게 자란다. 인디오뿐만 아니라 아마존에 거주하는 대부분의 사람들이 즐겨 먹는 주식들 중 하나다) 나무가 자라고 있었다.

그는 정글을 터전으로 살아가는 원주민이기 때문에 나무를 베어 내고 농사를 짓는 것이 불법이 아니라고 했다. 그러고는 손을 들어 저 멀리를 가리키며 그곳까지 개간을 할 계획이란다. 열대우림의 울창한 나무 대신 온갖 곡물들과 과일들로 그곳을 가득 채울 거란다. 그럼 자기 식구들이 평생 먹고 사는 데 아무 걱정도 없을 거라며, 그때껏 한 번도 보여 준 적이 없는 환한 미소를 지어 보인다.

그의 누런 앞니가 환한 햇살에 눈부시다.

• FIN DEL MUNDO •

운명

사람이 저마다의 타고난 운명을 지니고 있다면 그건 어느 누구도 함부로 바꿀 수 없는 절대적인 것이라는 말이 맞을 것 같다. 오늘은 나를 비롯한 우리 촬영팀과 많은 브라질인들이 운명의 큰 소용돌이 속에서 각자의 목숨을 담보로 정해진 운명을 확인한 날이었다. _2009. 9. 21

큰 사고를 당하기 전에는 전조(前兆)라는 것이 있나 보다.

물론 그런 징후들은 사고가 난 뒤에야 비로소 그것들이 일종의 경고였음을 깨닫게 되는 것이지, 사고 예방과 연결시키기에는 무리가 있다. 간혹 간밤의 꿈자리가 뒤숭숭해서 비행기를 타지 않았는데 그 비행기가 추락을 했다든가, 고층아파트 꼭대기 층에 사는 사람이 아침에 급하게 출근하다가 자동차 키를 집에 두고 나오는 바람에 지하철을 탔는데 마침 그 시간에 늘상 출퇴근하는 도로에서 연쇄추돌사고가 나서 많은 사람들이 죽거나 다쳤다든가 하는 우연찮은 일들도 일종의 전조라고 봐야 할 것이다. 하지만 그런 경고를 사전에 알아차리기는 어렵고, 대부분의 사람들은 그저 무심하게 받아넘긴다.

그렇다면 우리 주변에서 일어나는 사고들은 결국 피할 수 없는 운명인 것일까? 1억 원 가까운 값비싼 카메라를 고스란히 아마존 강물 속에 수장(水葬)시키고 우리 촬영 팀 5명의 목숨을 통째로 앗아갈 뻔한 사고가 났던 날도 온종일 불길한 전조가 이어졌었다.

아마존 강에 서식하는 거대한 물고기 피라루쿠Pirarucu 양식장을 촬영하러 가기 위해 이른 아침에 마나우스Manaus 호텔을 나섰다. 강을 건너고 자동차를 달려 도착한 자그마한 양식장에서 촬영 전에 눈으로 물고기들의 상태를 점검하고 있었다. 그런데 옆에서 같이 지켜보던 후배 카메라맨이 느닷없이 피라루쿠들이 무섭다며 슬금슬금 자리를 피한다.

이런!

피라루쿠가 크긴 좀 크지만 그렇다고 덩치가 산(山)만 한 후배 녀석에게 공포를 줄 정도는 아닐 텐데? 더군다나 물속에 사는 놈들이 아닌가! 몸서리까지 쳐 대며 도망가는 후배의 등에다 대고 구박하듯 한마디 했다.

"야! 네가 더 무서워!"

멀리서 조연출이 커피가 준비되었다며 오라고 손짓한다. 그러고 보니 아침도 못 먹었다. 커피와 간단한 샌드위치가 허기진 아침 위장에 저릿한 자극을 가한다.

그런데 커피를 담아 내온 주전자가 특이하다. 우리나라 중국집에서 쟈스민

차를 담을 때 사용하는 것 같은 도자기 주전자다. 아마존에서는 좀처럼 구경할 수 없는 물건이다.

다들 도자기 품평을 한마디씩 하며 커피를 따랐다. 나도 아무 생각 없이 주전자를 들어 커피를 따르려는데, 절대 열릴 것 같지 않던 도자기 뚜껑이 느닷없이 열리며 내 커피 잔 속으로 떨어졌다. 동시에 '퍽–' 하는 둔탁한 소리와 함께 뚜껑이 정확히 두 조각으로 깨지고 말았다.

이런!

높은 곳에서 떨어진 것도 아니고 고작 6~7센티미터 높이에서 떨어졌는데 어떻게 이렇게 깔끔하게 두 조각이 날 수 있을까? 황당한 내가 한마디 했다.

"이거 혹시 처음부터 깨져 있었던 거 아냐?"

그때 이후 온종일 무엇 하나 속 시원하게 진행되는 게 없었다. 날은 덥고 눅눅하고 비도 간혹 오락가락하고 온다는 사람은 안 오고 촬영거리는 꼬이기만 하고……. 게다가 그동안 용케도 말썽 한번 부리지 않았던 카메라마저 그날따라 오작동을 하는 것이 아닌가! 정말이지 주변의 모든 것들이 우리를 괴롭히기 위해 존재하는 듯했다.

다들 힘들고 지쳤지만 그래도 시간은 흘러 어느덧 돌아갈 시간이 되었다. 급하게 차를 몰았지만 아마존 강을 다시 건너기 위해 선착장으로 돌아온 것은 밤 8시가 다 되어서였다. 날은 진즉 어두워졌고, 저녁을 못 먹은 탓에 배도 고프고, 몸은 물 먹은 솜처럼 무겁기만 하고, 빨리 호텔방에 돌아가 샤워하고 잠자고 싶은 마음뿐이었다.

선착장에는 이미 승선을 기다리는 차들이 길게 줄지어 서 있었고 방금 전에 배 한 척이 자동차와 승객들을 싣고 막 떠난 참이었다. 1시간 간격으로 운항하는 그다음 배를 기다리는 수밖에 없었다. 차를 줄 위에 세워 두고 길거리에서 맥주와 꼬치구이로 저녁을 대신했다.

9시경 우리를 싣고 갈 배가 도착했다. 서둘러 차에 올라 배로 향했다. 그때까지만 해도 모든 일은 꽤 순조로웠다. 우리 앞에 있던 차가 승선하고 나니 배 위에는 단 1대의 자동차를 실을 공간만 남아 있었다. 바로 우리를 위한 공간이었다. 또다시 1시간을 기다리지 않아도 된다는 생각에 다들 안도의 한숨을 내쉬었다.

그런데 막 우리 차가 배 위로 올라가려는 순간, 어디선가 사이렌 소리가 들

려오기 시작했다. 뒤를 돌아보니 구급차 한 대가 먼지를 일으키며 달려오고 있었다. 자동차의 승선을 도와주던 선원이 그걸 보더니 즉시 우리 차를 세운다. 다들 무슨 일인가 싶어 고개만 빼고 있는데, 우리가 타야 할 자리에 구급차가 냉큼 올라타는 것이 아닌가!

이런!

다들 표정들이 좋지 않다. 급한 환자가 있는 구급차에 자리를 양보하는 것이 당연한 일이긴 하지만, 다들 지쳐 있고 또 내일 아침 일찍 다시 촬영을 나가야 하는 우리들 입장에서는 여간 억울한 일이 아닐 수 없었다. 하지만 어쩌겠는가! 이미 배는 떠나고 있고 우린 다시 그곳에 남겨지고 말았는데.

다들 닭 쫓던 강아지마냥 허탈해하며 잠이라도 청하려고 각자 자리를 잡는다. 그런데 현지에서 우리 촬영을 도와주던 페르난도가 갑자기 차 밖으로 뛰쳐나간다. 그러더니 5분쯤 후에 다시 차로 돌아와 배를 구했다고 한다. 알고 보니 아마존 강을 건너다니며 사람들을 실어 나르는 수상택시를 섭외한 것이었다.

18인승의 작은 스피드보트에는 기가 막히게도 정확하게 다섯 자리가 비어 있었다. 우리 다섯 명을 위한 공간이었다. 카메라와 그날 촬영한 테이프 등 중요한 것들만 챙기고, 다른 장비들은 차에 실어 나중에 호텔에서 내리기로 한 다음 스피드보트에 올랐다. 강을 건너는 데 스피드보트로 길어야 20분! 항구에서 호텔까지 30분! 넉넉잡아 1시간이면 시원한 샤워를 하고 침대에 누울 수 있다는 생각에 다들 즐거운 분위기다.

마나카푸루Mana capuru의 카카우 페레이라Cacau pereira 항을 출발한 보트는 전

속력으로 마나우스의 사웅 라이문도São raimundo 항을 향해 내달리기 시작했다. 좁은 만을 벗어나자 멀리 마나우스의 야경이 눈에 들어온다. 시원한 밤바람과 규칙적인 엔진 소리가 피곤한 몸을 설핏 잠 속으로 데려가려고 한다.

비몽사몽 나른함을 즐기고 있다 보니 어느덧 항구가 눈앞에 다가왔다. 정신을 차리려고 주위를 둘러봤다. 그런데 우리가 달리고 있는 좌측 직각 방향에서 우리 쪽으로 달려오고 있는 또 다른 스피드보트가 눈에 들어왔다. 역시나 전속력인 듯 빠르게 다가온다. 순간 뭔가 이상한 기분이 들었고, 그건 곧 생생한 현실감으로 바뀌었다.

'저렇게 달려오다가는 우리 배와 충돌하겠는데…….'

하지만 두 배 중 어느 쪽도 속도를 줄이거나 방향을 바꾸지 않았다.

'어어! 진짜로 부딪치겠는데…….'

그러고는

쾅!

순식간의 일이었다. 마주 달려오는 배를 처음 발견하고 충돌하기까지 불과 4~5초 정도의 시간이 흘렀을 뿐이다.

충돌 직후 세상이 온통 깜깜해졌다. 3초쯤 정신을 잃은 것 같다. 정신을 차렸을 때는 이미 몸이 물속으로 가라앉고 있었다. 본능적으로 호흡을 멈추고 눈을 떴지만 아무것도 보이지 않았다. 지극히 짧은 순간이었지만 모든 것들이 너무나 비현실적으로 느껴졌다.

'사람이 이렇게 죽는구나! 죽기 전에 자신이 살아왔던 날들이 주마등처럼 지나간다는데 나는 왜 아무 생각이 안 나는 거지?'

순간 설핏 가족들의 얼굴이 스쳐 지나갔다. 아내와 어린 아들 그리고 부모님과 형제들. 순간 내가 아직 죽지 않고 살아 있다는 게 너무나 또렷이 자각되었다. 곧바로 정신을 수습하고 탈출을 시도했다.

아무것도 보이지 않으니 우선 팔을 위아래로 휘저어 봤다. 머리 위쪽에 뭔가 단단한 게 느껴진다. 아마도 배가 뒤집혀 그 밑에 갇힌 모양이다. 그렇다면 옆으로 나가야지! 옆으로 팔을 저어 봤다. 역시 막혀 있다. 순간 덜컥 겁이 났다.

'왜 모두 막혀 있는 거지? 분명히 왼쪽은 뚫려 있었는데…….'

서서히 숨도 차 오고, 그보다 더한 공포가 밀려오기 시작했다. 다시 한 번 손과 발을 사방으로 뻗어 봤다. 이번에는 막힌 곳에서부터 몸을 빙빙 돌면서 주위를 더듬어 봤다. 그랬더니 빈 공간이 나타났다. 분명 막히지 않고 뚫려 있다! 주저 없이 그 공간으로 몸을 힘껏 들이밀었다. 그러고는 위로 올라갔다.

"푸하—."

참았던 숨을 뱉어 내고 신선한 밤공기를 마음껏 들이마셨다. 역시 나는 아직 살아 있었던 것이다.

뒤집힌 배 밑 물속에 갇혀 있었던 시간은 길어야 1분 남짓이었을 텐데 아득하게 긴 시간처럼 느껴졌다. 멀리 마나우스의 불빛들이 영롱하게 반짝이고 있다. 아까보다는 덜하지만 여전히 비현실적인 감각이 남아 있었다.

서둘러 정신을 차리고 나니 동료들의 모습이 보이지 않는다. 뒤집힌 배 주위를 돌며 그들을 찾기 시작했고, 다행히 배 앞머리에서 둘을 발견했다. 하지만 후배들 두 명이 보이지 않는다.

동료들과 내가 함께 이름을 불러 대자 배 뒷머리 부근에서 조연출이 대답을 한다. 여전히 카메라맨 후배 녀석의 모습은 보이지 않는다. 목이 터져라 이름을 불러 대며 배를 빙빙 도는 사이 시간이 꽤 많이 흘렀다.

불현듯 별의별 생각이 다 들기 시작한다. 충돌 때의 충격으로 멀리 튕겨져 나간 건 아닐까? 아니면 아직 배 밑에서 탈출을 못 하고 정신을 잃고 있는 건 아닐까? 시간이 갈수록 점점 극단적인 불길한 생각들이 꼬리를 물고 나온다. 녀석이 아침에 피라루쿠를 보고 몸서리치며 달아나던 모습이 떠올랐다. 도저히 말로 표현할 수 없는 참담한 기분이 들었다.

바로 그때 물밑에서 누군가가 배를 두드리는 소리가 들려왔다. 순간 온몸에 소름이 돋고 머리카락이 쭈뼛 서는 느낌이 들었다. 주변을 향해 목이 터져라

소리쳤다.

"배 밑에 사람이 있어요—. 배를 뒤집어야 해요—. 도와 주세요—."

하지만 모두들 주변에서 구조하러 온 배 위로 올라타느라 정신들이 없다. 남이야 죽든 말든 자기들만 살면 그만이라는 듯, 어느 누구도 관심을 갖지 않는다. 우리 일행만 안간힘을 쓰고 있는 사이, 내 맞은편 너머로 후배의 모습이 거짓말처럼 불쑥 나타났다. 호수에서 보뚜를 만난 것보다 정글 속에서 재규어를 만난 것보다 백배 천배 반가웠다. 나도 모르게 왈칵 눈물이 흘러나왔다.

"야, 이 새끼야! 부르면 대답을 해야 할 거 아냐. 얼마나 찾았는데……."

녀석이 그새 떼꾼해진 눈을 껌벅이며 느릿느릿 대답한다.

"아무 소리도 안 들렸어요. 난 내가 죽은 줄 알았다니까요."

호텔로 돌아오니 새벽 세 시가 가까웠다. 잃어버린 짐들을 찾기 위해 사고 현장을 수색하고, 경찰서에 들러 사건경위서를 쓰고, 충돌 때 머리를 부딪힌 후배를 데리고 병원에 들러 검사를 받고 왔다. 다들 물에 젖고 신발도 짐도 잃어버리고 몸은 만신창이가 되었지만 그래도 무사히 살아 있음에 감사하며 서로를 위로했다.

이제껏 세상의 여러 곳을 경험하며 간혹 죽을 뻔한 고비를 넘긴 적도 몇 번 있었지만 이번 사고처럼 아찔했던 순간은 없었던 것 같다. 모두들 무사히 살아 있으니 농담도 하고 잃어버린 장비 걱정도 하는 것이지, 만일 불행한 사고로 이어졌더라면 어땠을까? 생각만으로도 암담하고 오금이 저린다.

세상의 끝에서 만난 뜻하지 않은 사고로 인해 새삼 많은 것들을 느꼈다. 가족들에 대한 사랑과 고마움, 단 한순간도 헛되이 낭비해서는 안 될 소중한 삶, 그리고 턱없는 욕심과 근심 걱정들로 채워서는 결코 안 될 앞으로의 인생.

비록 한동안 나의 분신과도 같았던 고가(高價)의 카메라를 아마존 강에 수장시킨 안타까움은 있지만 내 나이 어느덧 마흔! 이제 막 인생의 절반을 넘어서려는 이때 실로 소중한 경험을 통해 다시 태어난 인생의 각오를 잠시나마 다질 수 있었다.

죽다 살아난 후배 녀석이 한마디 한다.

"아직 촬영도 많이 남았는데 살아서 집에 돌아가려면 지금이라도 돼지머리 올려놓고 고사라도 지내야 되는 거 아냐?"

그래서 나도 한마디 했다.

"걱정 마. 너는 우리 중에 제일 저승 가까이까지 갔다 왔으니 아마 우리가 다 늙어 죽어도 넌 그때까지 멀쩡히 살아 있을 거야."

• FIN DEL MUNDO •

아디오스! 야노마미

처음 만난 야노마미 여인과 아이들은 꽤나 인상적이었다. 벌거숭이였고 흙바닥에 앉아 있었다. 그래도 외지인이 왔다고 슬그머니 정글로 들어가더니 풀을 뜯어다가 팔에도 매달고 가는 줄기로 입 주위와 코에도 장식을 한다. (……) 우주선이 태양계의 별들을 탐사하고, 빛의 속도로 움직이는 사이버 세상이 존재하고, 돈만 있으면 목숨도 연장할 수 있는 21세기의 지구에 그들이 함께 살고 있다는 것이 믿어지지 않는다. 우주선도 인터넷도 병원도 아마존도 모두 같은 시대의 지구를 살고 있다.

_ 2009. 10. 19

보아비스타Boa Vista를 힘차게 날아 오른 비행기는 오래지 않아 울창한 열대우림의 상공으로 접어들었다. 6인승 작은 경비행기에 카메라를 비롯한 촬영장비와 부식, 야노마미(브라질 - 베네수엘라 접경지대의 깊은 밀림에서 살아가는 아마존 원시부족)에

게 줄 선물, 연료 등 온갖 것들을 때려 싣고 보니 기내는 발가락 하나 움직일 공간도 없을 지경이다.

게다가 우리의 안내를 맡은 야노마미 인디오 알프레도는 제 키보다 더 큰 활과 창을 들고 와 그나마 남은 자리를 빈틈없이 채운다. 야노마미 전사는 어딜 가든 그걸 꼭 가지고 다녀야 한단다.

무릎이 아파 오고 쥐가 난 발가락에 도통 감각이 없어질 무렵, 저 멀리 정글 한가운데에 활주로가 나타났다. 어른 발목 높이까지 자란 풀들을 헤치고 2시간여 만에 제법 사뿐히 활주로에 내려앉았다. 드디어 야노마미 인디오들의 땅에 들어온 것이다.

문을 열자 우르르 몰려온 인디오 꼬마들이 가장 먼저 우릴 맞아 준다. 얼굴과 몸 여기저기를 붉은 물감으로 칠하고 코와 입 주위에 구멍을 뚫어 가느다란 나무로 장식을 했다. 용맹한 재규어처럼 꾸민 것이란다. 문명세계로부터 날아온 낯선 이방인들을 호기심 가득한 눈으로 머리에서 발끝까지 살펴보더니 우리가 다가가자 그대로 달아나 버린다.

꼬마들이 몰려가는 뒤로 갓난아기에게 젖을 물리고 앉아 있는 야노마미 여인 둘이 눈에 들어온다. 놀랍게도 그들은 아무것도 입지 않은 채 태연히 가슴을 드러내고 우릴 올려다본다. 아랫도리의 중요한 부위만 겨우 손바닥만 한 천으로 가렸는데, 그 안에도 역시 아무것도 입고 있질 않아서 뭔가를 가리려고 하는 의도 자체가 무색할 지경이다. 눈을 어디에 둬야 할지 잠시 당황했지만 올려다보며 수줍게 미소 짓는 그들의 얼굴을 보니 문득 미안한 마음이 든다.

그래! 여기는 내가 사는 문명세계가 아닌 인디오들의 땅이 아닌가! 우리가

중요하게 여기는 많은 것들이 이들에겐 쓸모없고 거추장스럽게 여겨질 뿐이다. 나는 지금 세상의 끝이 아니라 또 다른 세상에 와 있는 것이다.

잠시 후 나타난 청년 야노마미들이 우리의 짐을 나누느라 법석을 피운다. 무게가 꽤 나가는 짐은 근처의 나뭇잎을 꺾어 뚝딱거리더니 금세 훌륭한 멜끈을 만들어 둘러멘다. 역시 정글의 인디오답다. 마을까지 얼마나 걸리느냐고 물었더니 한 10분쯤 걸린단다. 짐들을 나누어 이고 지고 마을을 향해 출발했다.

활주로가 끝나는 지점에서 정글로 접어들었다. 맨발로 거침없이 나아가는 인디오들의 뒤를 땀을 비 오듯 쏟으며 따라가자니 맑은 개울이 나타났다. 개울엔 제대로 된 다리는커녕 징검다리 하나 없고, 대신 어른 종아리만 한 나무가 위태롭게 걸쳐져 있다. 다들 무거운 짐을 들고 외줄타기 선수들처럼 잘도 건너간다. 카메라와 장비 가방을 메고 있던 나는 도저히 좁은 다리를 무사히 건너갈 자신이 없어 그냥 물 위를 걸어서 건넜다.

개울이 끝나는 곳에서도 나무다리가 계속 이어지기에 의아해했더니 거기부터 한참 동안 진흙밭이다. 무릎까지 푹푹 빠지는 진흙 구덩이를 가까스로 통과하고 보니 그야말로 꼴이 말이 아니다. 문명세계에서는 제법 알아준다는 값비싼 등산화도 물과 진흙에는 무용지물이라 오히려 걷는 데 미끄럽고 무겁기만 한 것이 차라리 없느니만 못하다. 역시 인디오들의 땅에선 그들의 생활방식을 따라야 하는 건가 보다.

개울과 나무다리를 세 개쯤 더 건너고 야트막한 언덕을 두 개쯤 지나 마을에 닿았다. 쉬지 않고 왔는데도 꼬박 1시간 20분이 걸렸다. 도대체 누가 이 험한 길을 10분밖에 안 걸린다고 했는지! 인디오들의 시간은 우리의 시간과 다

르다는 말인가? 아니면 느려터진 문명인의 게으른 발걸음 탓인가?

야노마미들은 '말로카' 라는 커다란 집을 짓고 공동생활을 한다. 적게는 10여 가구에서 많게는 30~40여 가구가 한 말로카 안에서 생활한다. 그물침대인 해먹과 문명세계로부터 건너온 찌그러진 냄비가 세간의 전부다. 동물을 사냥하고 물고기를 잡고 만주오카와 야생과일들로 식량을 해결한다.

최근에는 젊은 야노마미들이 도시로 나가 공부도 하고 문명세계의 물건들을 들여와 전통방식의 생활도 조금씩 변하고 있다고 한다. 또한 무엇보다 황금에 눈이 먼 탐욕스런 인간들 때문에 그들의 삶의 터전이 큰 위기에 직면해 있다.

아마존의 황금을 채취하기 위해 몰려든 불법 금광업자들은 숲을 파괴하고 물을 오염시켜 인디오들의 먹거리에 심각한 타격을 주고 있으며, 그들이 퍼뜨린 전염병으로 인해 수많은 원주민들이 죽거나 고통당하고 있다. 조상 대대로 살아온 그들의 땅을 총을 움켜쥔 인간들이 아무런 죄책감 없이 빼앗고 파괴하고 있는 것이다.

야노마미의 추장인 다비Davi는 제발 자기들의 땅과 종족들을 그대로 내버려 둬 달라고 호소하고 있다. 그들에게 필요한 것은 돈도 무기도 의료시설도 자동차도 아닐 것이다. 문명으로부터 어떠한 방해도 받지 않고 그들 고유의 삶의 방식을 이어 나가는 것! 바로 그게 그들의 소박하지만 절실한 바람일 것이다.

야노마미 마을을 떠나오는 날, 가지고 갔던 물건들을 풀어 놓았다. 선물로 가져간 것은 물론이고 우리가 먹고 남은 음식들과 건전지, 플라스틱 상자 등 그들이 필요로 할 만한 것들을 골고루 나누어 주었다. 그러면서도 이 또한 문명인의 간섭일지도 모른다는 씁쓸한 생각이 들었다.

한 아낙네가 내게로 와 할 말이 있는 듯 머뭇거리고 있다. 무슨 일이냐고 물으니 내 해먹을 가리키며 주고 가면 안 되냐고 조심스레 묻는다. 우리가 마나우스에서 장만한 새 해먹이 탐이 났던 모양이다. 그런데 그 해먹은 이미 우리 촬영 팀 조연출에게 주겠다고 약속을 해 버렸는지라 결국 부탁을 거절하고 돌아섰다.

그리고 돌아오는 내내 조심스럽게 입을 떼던 야노마미 여인의 처연한 눈동자가 떠올라 얼마나 후회를 했는지 모른다. 까짓 거 줘 버리고 조연출에겐 새 걸로 하나 사 주면 되는 것을…….

올 때와 마찬가지로 떠날 때도 많은 이들이 우릴 배웅하러 먼 길을 따라 나왔다. 철없는 아이들, 아기를 품에 안은 여인들, 그리고 활과 창을 든 늠름한 야노마미 전사들. 이들을 정글 한가운데에 두고 돌아가려니 왠지 까닭모를 연민과 걱정이 앞선다. 하지만 이곳은 그들이 주인인 그들의 땅이 아니던가! 오히려 그들이 다시 살벌한 문명세계로 돌아가는 우리들의 뒤에서 따뜻한 연민과 걱정을 보내고 있었는지도 모르겠다.

알래스카
캐나다

세상의 북쪽 끝 북극

FIN DEL MUNDO

• FIN DEL MUNDO •

이누이트 가족 이야기

어린 녀석이 한마디 불평도 않고 온종일 아버지 일을 돕는 걸 보니 기특한 생각이 든다. 이들의 생활방식과 사고방식은 최소한 자식들에게만은 힘들고 고생스러운 일을 안 시키기 위해 필사적인 우리나라 부모들과는 사뭇 다른 듯하다. 북극의 이누이트이기에 가능한 일일까? _ 2004. 6. 22

그린란드를 비롯한 북극해 연안의 원주민들은 스스로를 이누이트Innuit(인간이라는 뜻)라고 부른다. 우리가 흔히 쓰는 '에스키모'라는 말은 '날고기 먹는 사람들'이라는 뜻인데, 캐나다 인디언들이 붙인 그 호칭엔 이누이트에 대한 비하의 의미가 담겨 있다고 한다.

안개 자욱한 부둣가의 작은 배 위에서 만난 얀스와 그의 어린 아들은 이누이트라기보다는 유럽인에 가까워 보였다. 이곳 일루리사트Ilulissat에도 점차 순

PAN/IE

수 원주민인 이누이트 수는 줄어들고 있고 유럽인과 이누이트의 혼혈들이 많아지고 있는 실정이다.

얀스는 이른 아침부터 12살짜리 어린 아들과 함께 부지런히 낚시 도구들을 손질하고 있었다. 우리가 인사를 건네도 긴줄낚시Longline Fishing를 위한 미끼작업에 여념이 없어 받는 둥 마는 둥이다.

긴줄낚시는 일루리사트의 대표적인 고기잡이 방법들 중 하나다. 수백 미터의 낚싯줄에 약 1미터 간격으로 바늘을 매달아 헬리벗Helibut(우리나라 횟집에서 흔히 볼 수 있는 광어의 한 종류)이라는 물고기를 잡는다. 작은 물고기를 미끼로 쓰며 가끔 큰 생선을 잘게 잘라서 쓰기도 한다. 미끼를 매달 바늘의 수가 수백 개에서 많게는 1천 개 이상 되기 때문에 이 작업에만도 상당한 시간이 걸렸다. 어린 아들과 장난까지는 아니어도 살가운 이야기라도 나눌 법한데, 얀스는 작업 내내 거의 한마디도 하지 않고 무뚝뚝하게 일만 한다.

이곳에선 여름에 해가 지지 않는다. 저녁에 서쪽 하늘로 넘어가려던 태양은 신기하게도 수평선 바로 위에 머물다가 아침이 되면 다시 머리 위로 솟아오른다. 호텔방에는 창마다 두꺼운 검은 커튼이 달려 있어 잠자기 전에는 꼭 커튼을 쳐야 했다. 멀리 수평선 위에 머물던 아침 해가 제법 따사로운 햇살을 내뿜을 때쯤, 아직 채 걷히지 않은 안개를 헤치며 바다로 나아갔다.

요리조리 유빙 사이를 누비던 얀스는 바다 한가운데 배를 세우고 낚싯줄을 풀기 시작한다. 둥근 물레에 두텁게 묶여 있던 낚싯줄이 하염없이 푸른 바다로 빨려들어 간다.

여전히 굳게 입을 다물고 있는 얀스 옆에서 아들은 진지하게 아버지의 일을 지켜보고 있다. 학교에서 또래들과 열심히 공부하고 공이라도 차야 할 시간에 일을 배우고 있는 것이다. 왜 학교에 가지 않느냐고 물어보니 일주일에 두세 번 정도 아버지의 일을 돕고 나머지 시간에는 학교에 간다고 한다.

아버지가 억지로 시킨 것이냐고 장난스럽게 물으니 절대 아니라며 손을 내젓는다. 아버지가 힘들게 고기를 잡는 덕분에 온 가족이 행복하게 살고 있으니 자기가 조금이라도 돕는 게 당연하지 않느냐고 오히려 내게 반문한다. 어린 나이임에도 말하는 폼이 제법 의젓하다. 아들의 대답이 썩 마음에 들었던지, 옆에서 말없이 낚싯줄을 풀던 아버지의 눈가에도 흐뭇함이 묻어난다.

낚싯줄을 드리운 지 2시간쯤 지나자 다시 걷어올리기 시작했다. 힘차게 물레를 돌리는 아버지의 검은 손 아래로 펄떡펄떡 힘 좋은 생선들이 줄줄이 엮여 올라온다. 낚시 바늘을 주둥이에서 떼어 내는 아버지와 아들의 경쾌한 손놀림 위로 한낮의 태양이 눈부시다. 어느 틈엔가 안개는 흔적도 없이 사라지고, 새하얀 유빙들만이 푸른 바다에 그득하다.

그린란드의 투덜이 어부

세상에서 제일 쉬운 고기잡이 = 북극에서 '캐플린' 잡기(그냥 퍼 담으면 된다) _ 2004. 6. 23

저만치 앞서 달리던 제스퍼Jesper의 배가 바다가 아닌 육지를 향해 다가간다. 재미있고 신기한 고기잡이라고 해서 따라왔는데 해안에 배를 세우더니 급기야 배에서 내려 버린다. 미끼라도 두고 온 건가? 의아해하며 제스퍼의 배로 다가가는데 바다 속이 영 이상하다. 여기저기 검은 띠들이 움직이는 것이 마치 맑은 물에 검은 물감을 풀어 놓은 것 같다.

자세히 살펴보니 물감이 아니라 물고기 떼다. 믿기지 않을 정도로 수많은 물고기들이 끝없는 행렬을 이루어 물속을 행진하고 있다. 제스퍼의 배를 쫓느라 미처 알아채지 못했을 뿐, 이제 보니 바다 속 전체가 물고기들로 가득 차 있다. 물 반 고기 반이 아니라 물 30에 고기 70쯤 되는 것 같다.

도대체 이 녀석들은 여기서 뭘 하는 걸까? 배가 지나가도 흩어지거나 도망가지도 않는다.

제스퍼가 땅에 내리자 그물을 실은 배는 마침 근처에 있던 유빙으로 다가가 그물을 내려놓는다. 그러고는 제스퍼에게 돌아가 그물의 한쪽 끝을 건네 준다. 나머지 한쪽 끝을 배에 묶은 뒤, 배가 큰 원을 그리며 그물을 모두어 물고기들을 가둔다.

그물을 다 풀자마자 제스퍼가 다시 거둬들이기 시작했다. 조금씩 올라오는 그물 사이로 수천 마리의 물고기들이 비좁게 몸을 비비고 있다. 찢어질 듯 가

득 찬 물고기들의 무게를 당해 내지 못한 제스퍼가 결국 커다란 뜰채로 그물 속 고기들을 담아 내기 시작한다.

퍼내도 퍼내도 물고기들의 숫자는 좀처럼 줄지 않는다. 물고기를 잡는다기보다 물에서 고기들을 덜어 내는 것 같다. 어찌된 일인지 물고기들도 도망갈 생각을 하지 않고 제스퍼가 휘젓는 뜰채 속으로 순순히 빨려들어간다. 세상에 이보다 더 쉬운 고기잡이가 또 있을까? 순식간에 잡힌 고기들이 산처럼 쌓여간다.

이 어처구니없는 물고기의 이름은 캐플린Caplin이다. 원래는 깊은 바다에 사

는 놈들인데 여름이 되면 알을 낳기 위해 얕은 물로 올라온다고 한다. 산란을 마친 녀석들은 곧바로 깊은 바다로 돌아가지 않고 산후조리를 위해 이렇게 얕은 물을 배회하다가 제스퍼의 손쉬운 돈벌이가 되어 주는 것이다.

그러고 보니 물속에 있는 녀석들이 물 떠난 물고기마냥 힘없이 비실거린다. 손으로도 잡을 수 있을 것 같아 손을 넣었더니 말 그대로 '손쉽게' 잡혀 올라온다. 나무젓가락 크기의 캐플린은 햇볕에 잘 말려서 전량을 일본으로 수출한다고 한다.

근처 바위 위에는 이미 잡힌 캐플린들이 서늘한 해풍을 맞으며 꾸득꾸득 말라 가고 있었다. 모양새가 한국 맥주집 어딜 가나 안주로 빠지지 않는 노가리를 꼭 닮았다. 문득 시원한 생맥주 한잔 생각이 간절하다.

제스퍼에게 너무 손쉽게 돈 버는 것 아니냐고 물었더니 생각만큼 쉬운 일이 아니라며 정색을 한다. 우선 물고기를 잡을 수 있는 기간이 1년 중 한 달이 채 되지 않고, 잡은 물고기들을 잘 말려 상품으로 만들기 위한 과정이 그리 쉽지 않다며 핏대를 세운다. 무엇보다 캐플린 가격이 예전만 못하다며 불평을 늘어놓는다.

아무리 그래도 우리가 보기에는 손쉬운 고기잡이다. 세상에 그만큼의 노력도 필요하지 않은 돈벌이가 어디 있겠는가?

제스퍼의 천연 가두리 양식장을 떠나며 한마디 했다.

"제스퍼, 너무 욕심 부리지 말고 너무 불평하지 마. 자연이 준 선물에 감사해야지. 그린란드에서 캐플린을 너만큼 잘 잡는 사람은 아마 없을걸. 자기가 제일 잘하는 일조차 힘들다고 느낀다면 너는 다른 일은 절대 못할 거야."

그날 밤. 온종일 좁은 배와 육지를 오가며 촬영을 했더니 어깨가 뻐근한 게 컨디션이 영 좋지 않다. 그만 나도 모르게 힘들다는 불평이 새어 나오고 말았다.

그러고 나니 아까 제스퍼에게 했던 말이 내게 메아리가 되어 되돌아온다.

세상에 이만큼의 노력도 필요하지 않은 일이 어디 있으랴?

북극의 내셔널 데이

열심히 물개를 손질하던 프레벤이 우리 먹으라고 고기 한 덩어리를 떼어 준다. 돌아와 미켈의 집에서 조촐한 바비큐 파티를 열었다. 물개 스테이크! _ 2004. 6. 25

일루리사트 최고의 물개 사냥꾼인 프레벤을 어렵게 섭외했다. 그동안 날씨 때문에 미뤄 왔던 물개 사냥을 드디어 오늘 촬영하기로 한 것이다.

물개는 그린란드 원주민인 이누이트들의 중요한 먹거리이자 생필품이었다. 사냥한 물개 고기를 서로 나눠 먹고, 부드럽고 질긴 가죽으로 옷을 만들고, 날카롭고 단단한 이빨과 뼈로는 사냥 도구를 만들었다.

물론 이러한 생활 방식은 옛날이야기다. 지금은 물개의 개체 수도 현저히 줄어들었을 뿐 아니라 물개 사냥을 통해 생활을 유지하려는 원주민들도 거의 찾아볼 수 없다. 또한 보호를 위해 정부 차원에서 1년간 사냥할 수 있는 물개의 총량을 제한하고 있는 실정이다. 그래서 몇몇 전문 사냥꾼들만이 물개를 잡고, 대부분의 원주민들은 어업이나 관광 관련업에 종사하고 있다. 그럼에도 불구하고 물개 사냥은 이들에게 전통을 지키고자 하는 상징적 의미를 갖는다.

우리나라 설날과 비슷한 명절인 내셔널 데이National Day가 되면 마을 전체가 축제로 떠들썩하다. 전통 복장을 잘 갖춰 입은 원주민들이 거리행진을 하고 온종일 흥겨운 전통춤과 놀이를 즐긴다. 조상들의 전통 배 우미악Umiak을 타고 유빙 사이를 질주하고, 카누를 타고 옛날 방식의 물개 사냥을 재현하기도 한다.

고래와 더불어 물개 고기는 이 즐거운 명절날 빠져서는 안 되는 중요한 음식이다. 미리 사냥해 놓은 물개를 바닷가에서 직접 해체한다. 우리나라 이웃집 할머니 같은 분이 반달 모양의 자그마한 칼 하나로 눈 깜짝할 사이에 2미터가 넘는 물개를 해부해 버린다. 날렵하고 빈틈없는 손질에 금세 살과 가죽과 뼈가 분리되고 주위엔 선혈이 낭자하다. 해체를 하면서 연신 고기를 떼어내 주변 사람들에게 나눠 준다. 날고기를 받아 든 이들은 입가에 붉은 피를 묻혀 가며 맛있게들 먹는다.

처참한 물개의 모습과 피비린내로 가뜩이나 속이 편할 리 없는 우리 촬영팀에게도 붉은 핏덩어리를 건넨다. 맛이 살짝 궁금하기도 하고 성의도 거절할 수 없어 조금 맛을 봤다. 비릿한 피 내음이 순식간에 입안을 가득 채운다.

전통적인 물개 사냥법은 카누를 타고 작살을 이용해 잡는 것이다. 하지만 지금은 힘 좋은 모터보트를 타고 총으로 물개를 잡는다. 전통방식을 기대한 우리에겐 다소 실망스러웠지만 물개의 수가 줄어들어 어쩔 수가 없다고 한다.

실제로 2시간 가까이를 돌아다닌 뒤에야 겨우 두 녀석을 만날 수 있었다.

숨을 쉬기 위해 물 밖으로 고개를 내민 녀석을 향해 사냥꾼이 총을 발사한다. 움직이는 배 위에서 단 한 방에 명중할 리가 없다. 물 밑으로 사라진 물개는 20~30분 후에야 다시 물 밖으로 고개를 내민다.

물개 사냥에서 가장 중요한 건 물속에서의 이동 방향을 예측하는 것이다. 우린 도무지 짐작조차 할 수 없는데 노련한 사냥꾼은 물개가 사라지자마자 "저쪽이다!" 하며 보트를 몰아 댄다. 그가 말한 방향으로 가다 보면 신기하게도 물개가 다시 고개를 내민다. 이걸 잘해야 최고의 사냥꾼이 될 수 있다고

이누이트의 전통 배 우미악

한다.

다시 한 번 총을 쏘지만 빗나가고 물개는 또다시 사라진다. 이런 식으로 물개를 쫓다 보면 물 밖에서 충분히 숨을 쉬지 못한 물개의 잠수시간은 점점 짧아진다. 나중에는 거의 2~3분 단위로 다시 물 위로 올라와 가쁜 숨을 몰아쉰다. 1시간이 넘게 계속되던 추격전은 결국 머리에 총을 맞은 물개의 피가 바다를 붉게 물들이고서야 끝이 났다.

사냥한 물개는 근처에 떠 있는 유빙 위에서 곧바로 해체된다. 새하얀 얼음 위로 붉은 피가 넘쳐흐른다. 아직 식지 않은 더운 피가 유빙 위에 작은 골을 만들고, 그 위로 뿌연 김이 피어오른다. 사냥꾼은 고기와 가죽만 챙기고 뼈와 내장은 새들과 물고기의 몫으로 남겨 둔다. 작은 놈이라 고기가 많지 않다며 유쾌한 불평을 하는 그의 입 주변에도 어느새 검붉은 피가 잔뜩 묻어 있다.

비록 사냥방식은 예전과 다르지만, 날고기를 먹는 그들의 오랜 전통은 여전히 계속되고 있다.

• FIN DEL MUNDO •

크레바스 속의 시간여행

하강 준비를 끝낸 뒤 카메라를 둘러메고 로프를 단단히 묶고 얼음의 갈라진 틈 속으로 내려가기 시작했다. 푸른 빙벽의 서늘함이 몸으로 전해진다. 한쪽으로 빙하 녹은 세찬 물줄기가 폭포처럼 쏟아지고, 내 가슴은 흥분과 두려움으로 방망이질을 시작한다. _2004. 7. 4

세상 끝에서의 캠핑은 색다른 체험과 더불어 외로움과 그리움을 덤으로 준다. 마치 인간 세상이 아닌 다른 별에 불시착이라도 한 듯 낯선 곳에서 그저 멍하니 밤하늘을 올려다보는 것만으로도 스산한 외로움을 느끼게 하고, 떠나온 가족과 친구들과 문명세계를 그리워하게 만든다.

빙하가 갈라진 틈새인 크레바스crevasse를 촬영하기 위해 그린란드 빙원(氷原)이 시작되는 곳으로 캠핑을 왔다. 그린란드는 수십만 년 전부터 내린 눈들이

차곡차곡 쌓여 땅 전체가 하나의 거대한 얼음 덩어리로 이루어진 곳이다. 가장 두터운 곳은 두께가 4천 미터가 넘는다고 하니 그간 얼마나 많은 양의 눈이 내렸는지 도무지 짐작도 할 수 없을 지경이다.

빙원이 바라다보이는 바위 위에 앉아 가만히 귀를 기울여 본다. 끝없는 얼음 땅을 달려온 차가운 바람이 언 뺨을 어루만지고, 그 서늘함과 부드러운 울림 속에서 수만 년의 시간을 느껴 본다.

어디 멀리서 빙하 무너지는 소리가 꿈결인 듯 희미하게 들려온다. 또 영겁의 시간이 무너지고 있나 보다. 인간의 수명으로는 짐작조차 할 수 없는 까마득한 세월을 굳건히 지켜 온 얼음의 땅에서 문득 수만 년을 살아온 자의 여유로움과 넉넉함을 상상해 본다.

크레바스 안에서 올려다본 하늘은 신기하게도 어린 시절 집 앞 우물 속에서 올려다본 그것을 닮아 있었다. 물 길러 갔다가 간혹 두레박을 놓치면 짧은 팔다리를 있는 힘껏 뻗어 사방의 이끼 낀 돌을 더듬으며 아래로 아래로 내려가곤 했었다. 미끄러운 돌에 자칫 발이라도 헛디딜까 봐 온몸에 잔뜩 힘을 주고, 내려가도 내려가도 결코 바닥에 닿지 않을 것 같던 아득함에 혼자 몸서리치기도 했었다.

하지만 기어이 바닥에 닿아 안도의 한숨을 뱉어 내며 올려다본 하늘은 언제나 신비롭고 아름답기만 했다. 늘 보아 오던 하늘이건만 마치 다른 세상의 하늘을 보는 듯 낯설었고 우물의 둥근 입구는 그리로 통하는, 그래서 결코 이를 수 없을 것만 같은 두려움을 주었다.

한 가닥 로프에 몸을 매달고 크레바스를 내려갈 때 문득 과거의 그날이 떠올랐다. 언제나 위에서 굽어보기만 했던 우물 속을 처음으로 내려가던 날, 내 마음은 두려움으로 가득했다. 한번 들어가면 다시는 우물 밖 세상으로 나올 수 없을 것만 같던 두려움. 한 번도 닿아 본 적 없는 우물 바닥에 대한 막연한 두려움. 그곳 어느 돌 틈엔가 무서운 독을 품은 뱀과 지네가 날카로운 이빨을 감추고 날 기다리고 있을 것만 같았던 턱없는 두려움. 그때 나는 채 5미터도 되지 않는 우물이 까마득하게 느껴질 만큼 어리고 작았었다.

20미터 깊이의 얼음 우물! 푸른빛이 찬란한 빙벽 너머로 신비롭고 아름다운 하늘이 펼쳐져 있다. 나이도 먹고 키도 자라서인가. 바닥에 닿자 이내 두려움은 사라지고 황홀함만이 가득하다.

가만히 얼음벽을 손으로 느껴 본다. 차가운 얼음의 단단함이 이내 온몸을 감싼다. 언젠가 이 얼음이 눈으로 쌓이던 시절도 분명 있었으리라. 수백, 수천 년 전에는 저 푸른 하늘을 마주하고 언 땅을 보드라운 눈송이로 감쌌을 것이다. 그러고 보니 난 지금 수백, 수천 년 전의 얼음들과 함께 있는 것이 아닌가! 지금 내가 서 있는 크레바스 안은 그 기나긴 시간들이 켜켜이 머물러 있는 곳이 아닌가!

마치 타임머신을 타고 온 시간여행자라도 된 듯 야릇한 기분이 날 황홀하게 한다. 세상의 끝엔 이처럼 아득한 과거와 현재가 공존한다.

새삼 빙벽의 푸른빛에 눈이 부시다.

썰매견의 향수(鄕愁)

디스코 베이의 크고 작은 유빙들, 바다를 질주하는 어부들의 모터보트, '아이스 피요르드'에서 바다로 무너져 내리는 빙하, 파란 바다 위의 물개 머리들, 알록달록 원색의 상자 같은 집들, 외로움을 가득 머금은 서늘한 북국(北國)의 바람, 푸른 바다를 향해 하얀 이를 드러낸 이누이트들의 까만 미소, 24시간 머리 위를 맴도는 백야(白夜)의 태양. 오늘은 이들과 함께하는 마지막 날이다. _ 2004. 7. 6

호텔방에서 짐을 싸다 말고 산책을 나섰다. 내일이면 스위스의 산악빙하를 촬영하러 이곳 그린란드를 떠나야 하지만 한낮의 따사로운 햇살과 맑은 하늘이 결국 호텔 밖으로 나를 내몰고 말았다. 그렇다고 딱히 가 볼 데가 있는 것도 아닌데.

밖은 그야말로 눈부시게 화창한 날씨였다. 역시 나오기를 백번 잘했다. 어

차피 24시간 해가 떠 있으니 짐은 밤에 싸면 된다.

일루리사트는 북극권에 속해 있는 추운 곳이지만 한여름엔, 더군다나 오늘처럼 바람 한 점 없는 맑은 날이면 한낮의 기온이 20도에 육박할 정도로 따뜻하다. 장난감 상자 같은 예쁜 집들의 알록달록한 지붕 위로 따사로운 햇살이 넘쳐 나고, 마을 앞 디스코 베이Disco Bay의 수많은 유빙들이 잉크에 잠긴 옥돌처럼 반짝이고 있다.

한낮의 한적한 마을길을 따라 목적지 없이 걸어 본다. 작은 마트와 은행을 지나 마을 위쪽으로 오르다 보니 작은 기념품 가게가 있다. 그러고 보니 이곳에서 기념될 만한 것들을 하나도 사지 않은 것 같아 문을 밀고 들어갔다. 그렇고 그런 기념품들 속에서 순록의 뼈를 깎아 만든 이누이트 전통 조각품을 하나 골랐다. 사람인지 동물인지? 이빨을 드러내고 있는 얼굴 모양이 기괴하게 조각되어 있다.

조금 더 위쪽으로 올라가 보기로 했다. 마을 뒷산에는 커다란 송수신탑이 서 있고, 바위가 많은 지역을 지나 한참을 걷다 보면 그린란드에서 가장 화려한 빙하들 중 하나인 '캉기아'를 만나게 된다.

예전에 촬영을 위해 갈 때는 송수신탑까지 차를 타고 갔었다. 하지만 오늘은 마을 전경 사진도 찍을 겸 걸어서 가 보기로 했다. 자동차로도 20여 분 걸리는 길을 걸어가려니 생각보다 시간이 꽤 걸렸다. 도보로는 초행인 데다가 심지어 오르막길! 머리 위의 태양도 호텔을 나설 때만큼 고마운 존재는 아니었다.

온몸의 땀구멍에서 병아리 눈물만큼의 땀이 솟아오를 때쯤, 드디어 저만치 앞에 송수신탑이 나타났다. 한숨 돌리며 올라온 길을 뒤돌아보니 그림처럼 아름다운 풍경이 눈앞에 좌르륵 펼쳐진다. 파란 하늘과 바다를 가득 메운 크고 작은 유빙들, 그리고 형형색색의 뾰족 지붕들. 마치 동화 속에 나오는 요정들의 마을처럼 아기자기하다.

카메라를 꺼내 열심히 사진을 찍고 있는데 어디선가 개 짖는 소리가 요란하다. 주변을 살펴보니 윗마을의 넓은 공터와 집들 곳곳에 많은 개들이 있다. 가까이 가서 살펴보니 개만 있는 게 아니라 한때 녀석들이 끌고 다녔을 (또는 녀석들의 조상들이 끌고 다녔을) 썰매도 함께 있다.

대부분의 썰매들은 이미 기능을 상실한 듯 여기저기가 부서진 채 아무렇게나 처박혀 있다. 개들 또한 차가운 목줄에 묶여 있어서 그런지 기운이 없어 보이고 눈매도 우울하다. 대충 둘러봐도 족히 백 마리는 넘어 보이는 썰매개들이 나른하게 바위 위에서 나뒹굴고 있다. 마침 지나가는 사람이 있어 몇 마디 물어봤다.

"겨울이 오면 이 개들이 저 썰매를 끌고 사냥을 가나요?"

"아니오. 이 개들은 더 이상 썰매를 끌지 않아요. 지금은 겨울이 와도 예전처럼 사냥을 나가는 사람이 없거든요. 다들 그물로 물고기를 잡고 부둣가 공장에서 일을 해요. 썰매 타고 사냥하는 건 다 옛날이야기죠."

그러면서 묻지도 않은 말을 덧붙인다.

"개들이 하는 일도 없이 새끼만 많이 낳아 녀석들 먹이 주는 것도 보통 일이 아니랍니다. 그렇다고 어려서부터 키워 온 걸 내다 버릴 수도 없고……."

총총히 사라지는 이누이트의 등 뒤로 개들이 컹컹 짖어 댄다. 차가운 북극

(北國)의 바다를 하염없이 바라보는 녀석들의 눈동자 속엔 그 옛날의 향수가 짙게 어리는 듯하다.

한때는 주인의 칼날 같은 불호령에 얼어붙은 땅을 바람처럼 질주하였을 것이다. 사냥으로 잡은 신선한 고래 고기를 맛보며 인간에 대한 충성과 우정, 그리고 썰매개의 자부심을 느꼈을지도 모르겠다. 비록 지금은 천덕꾸러기 신세일지라도, 여전히 녀석들은 이누이트들과 함께 이 차가운 북극의 주인공으로 남을 것이다.

개들의 울음소리가 멀리 유빙의 바다에 메아리친다.

Epilogue

세상 끝의 세상

정겨운 유니폼을 입은 항공사 승무원의 환대를 받으며 집으로 돌아가는 비행기에 고단한 몸을 싣습니다. 험한 땅에서 오랜 시간 나와 함께 고생한, 내 분신과도 같았던 소중한 카메라를 고이 선반 위에 쉬게 합니다.

궁금한 고향 땅 소식에 서둘러 한국 신문을 펼쳐 보지만 기사들이 제대로 눈에 들어올 리 없습니다. 활자 가득 약간의 어색함과 어지러움만이 가득할 뿐입니다. 이내 몸을 기대고 스르르 눈을 감아 봅니다.

기장의 인사말과 함께 느릿느릿 움직이기 시작한 비행기는 활주로 끝에서 잠시 몸을 추스르고 곧이어 시속 300km가 넘는 속도로 활주를 시작하여 육중한 몸을 하늘로 띄웁니다. 몸이 중력으로부터 멀어질수록 마음속에서도 무엇인가 빠져나가는 듯한 허전함이 느껴집니다. 떠나온 그곳에 마치 소중한 무엇인가를 두고 온 것처럼 말입니다.

또 한 번 세상 끝에서의 시간들이 그렇게 저물고 있었습니다.

언젠가 아마존 한가운데서 밤하늘을 올려다본 적이 있습니다. 달이 지평선 너머로 마실 나간 밤하늘을 수없이 많은 별들이 지키고 있었습니다. 우유를 엎질러 놓은 듯 뿌연 은하수가 흐르고, 크고 작고 붉고 푸른 영롱한 별들의 향연이 온 하늘을 가득 채우고 있었습니다. 숨이 막힐 듯한 아름다움에 어찌할 바를 몰라 잠시 아득해지기까지 했었습니다.

세상의 끝에는 많은 아름다움이 존재합니다. 온종일 머리 위를 맴돌던 북극의 차가운 태양. 끝을 짐작할 수 없던 광활한 그린란드의 새하얀 빙원과 옥빛 물웅덩이들. 빼곡한 밀림 사이로 쏟아지던 한낮의 소나기와 찬란한 무지개. 천둥소리를 내며 무너져 내리던 남극의 장엄한 빙하와 유빙의 바다. 초록을 닮은 인디오들의 건강한 웃음과 이누이트들의 따뜻하고 푸른 미소. 대륙의 끝에서 만난 이방인들의 노랫소리와 끝없는 바람, 새들의 속삭임.

그리고 낯선 외로움!

세상 어디에도 '세상의 끝Fin del Mundo'은 존재하지 않았습니다. 지구는 둥그니까 자꾸 걸어 나가면 온 세상 많은 사람들도 만나고 동물들도 만나고, 결코 끝나지 않을 세상의 길이 자꾸만 자꾸만 펼쳐질 것입니다.

세상의 끝이라고 생각했던 그곳에선 어김없이 또 다른 세상이 시작되고 있었습니다. 사람도 동물도 나무도 꽃도 제각각 다른 얼굴과 소리와 색깔과 향기를 지녔지만, 그러나 예전에 거쳐 왔던 곳들과 다른 세상은 결코 아니었습니다. 오히려 서로를 꼭 닮아 있었습니다. 우리는 모두 언젠가 마주하게 될지도 모르는 새로운 세상을 설레는 마음으로 기다리며, 함께 같은 세상을 살아가고 있는 것입니다.

실로 힘들고 오랜 여행에서 막 돌아온 느낌입니다.

그동안 세상 끝으로의 여행에 훌륭한 길동무가 되어 준 MBC의 많은 선후배 동료들께 감사의 인사를 전합니다. 그분들이 있었기에 결코 외롭지 않았고 힘들지 않았습니다.

그리고 오랜 시간을 독수공방하며 외로이 지낸 사랑하는 아내 연희와, 아빠 없는 허전한 시간들을 씩씩하게 잘 견뎌 준 자랑스러운 아들 예서에게도 무한한 미안함과 고마움을 전합니다.

언제나 먼 길 떠나는 아들 걱정에 노심초사 마음 쓰셨던 어머니, 세상의 끝을 지나 다른 세상에 계신 아버님, 사위 사랑 각별하신 창원 부모님, 온갖 격려를 아끼지 않았던 가족들, 친구들에게도 진심 어린 감사의 마음을 전합니다.

간혹 어디 먼 곳에서 날 부르는 소리가 환청처럼 들리곤 합니다. 세상 끝에 두고 온 아득한 마음의 소리가 아닌가 싶습니다. 어서 함께 다른 세상으로 여행을 떠나자고……. 그래서 어느 날 나도 모르게 또다시 떠날 채비를 하게 될지도 모르겠습니다.

그날이 그리 머지않은 듯도 합니다.

2012년 봄